KB217775

고양이울음
猫味り

고양이 울음 猫鳴り

누마타 마호카루 沼田 まほかる 소설   민경욱 옮김

서울문화사

✳ 차례

제1부 새끼 고양이　6

제2부 절망이라는 블랙홀　74

제3부 멋진 이별　152

해설
생명을 바라보는 강하고 따뜻한 시선　234

옮긴이의 말
출퇴근 지하철 안에서는 절대 읽지 마세요!　242

제1부

새끼
고양이

노부에는 이 작은 고양이가 왠지 평범하지 않은,

불가사의한 현명함을 가지고 있는 것처럼 여겨졌다.

먹을 것을 얻어먹을 때의 열심이지만

자제하는 표정과 눈에 띄지 않게 혼자 노는 모습,

그래서 더욱 관심이 가는 노부에의 시선을 재빨리 알아차리고

좋아서 반짝 빛나는 눈까지,

어떻게든 마음에 들어서 여기에서 살 수 있도록,

고양이 나름대로 최선을 다해 노력하는 것처럼 보였다.

1

        집 주변 어딘가에서 야옹야옹하고 끊임없이 새끼 고양이가 울고 있다. 아아, 정말 싫다. 노부에는 얼굴을 찌푸렸다.

방금 전 쇼핑을 마치고 돌아왔을 때에는 알아차리지 못했는데.

저렇게 격렬하게 계속 울다가는 곧 힘이 다해 죽고 말 것이다. 식탁에 턱을 괴고 그런 생각을 하면서 다른 한 손은 옷 위로 천천히 배를 쓰다듬는다. 자신의 배 속에서 사라져버린 아기와 밖에서 들려오는 새끼 고양이의 소리가 저 멀리 어디에서 하나로 이어지는 것 같은 기묘한 감각에 사로잡힌다.

서쪽 텃밭 너머가 빈약한 잡목림이라 전에도 새끼 고양이가 버려진 적이 있다. 종이 상자 안에 대여섯 마리가 엉켜서 울고 있었는데 그대로 내버려 두니 어느새 없어졌다.

그런데 지금 들리는 소리는 좀 더 가깝다. 집 바로 근처다. 까마귀가 새끼 고양이를 물고 날아가다 놓치기라도 한 것일까.

딱 한 번, 발톱을 드러낸 까마귀가 울고 있는 새끼 고양이를 채가는 것을 본 적이 있다. 2년쯤 전이었다. 함께 정원의 잡초를 뽑고 있던 남편 도지가 포획물의 무게를 견디느라 파닥파닥 소리 높여 날갯짓을 하는 까마귀에게 돌을 던졌지만 맞지 않았다.

겨우 땀이 식어 의자에서 일어난다. 조리대에 그대로 놓여 있는 쇼핑 봉투 속 내용물을 정리하면서 노부에는 조금 전에 본 어린아이의 얼굴을 다시 떠올린다. 두 살쯤 되었을까. 반들반들한 볼에 케첩을 묻히고 엄마에게 응석을 부리고 있었다. 살짝 고집이 세 보이던 남자 아이. 할인하기에 산 냉동 새우튀김이 녹아버렸지만 개의치 않고 냉동실에 집어넣는다.

늘 가는 슈퍼마켓에는 카페테리아 형식의 간단한 식당 코너가 있어서 노부에는 오늘 거기에서 점심을 먹었다. 그 남자 아이와 어머니는 옆 테이블에 앉았다. 노부에는 우리 속의 희한한 동물을 보기라도 하듯 여러 차례 남자 아이를 흘끗거렸다. 노부에보다 열 살은 젊은 어머니는 나른한 시선을 주위에 던지고 있었는데, 그 눈이 분명하게 초점을 맞추는 것은 그녀의 작은 남자 아이를 바라볼 때뿐이었다. 본다기보다 만지고 있다는 느낌이었다. 사랑스러운 얼굴과 가는 목덜미와 더러운 손을 눈으로 어루만지고 있었다. 어머니는 프랑크푸르트 소시지를 꽂았던 막대기를 들고 있었고, 아이는 그것을 조그만 입으로 베어 물면서 이따금 아무 이유 없이 소리를 지르며 짧은 팔을 뻗어 엄마의 얼굴과 가슴을 만졌다.

노부에는 숨이 막혀 자리를 바꾸고 싶었다. 동물, 생식, 혈육이라는 의미를 새삼 느끼게 하는 표정, 저렇게 숨겨야 할 것들을 고스란히 드러내는 표정을 공공장소에서는 짓지 말았으면 좋겠다. 어머니와 아들은 두 사람만의 투명한 밀실 안에서 남녀의 사랑보다 좀 더 농밀하고 적나라하게 모든 수단을 사용해 맺어지려 하고 있었다.

새끼 고양이는 질릴 정도로 끈질기게 울어댔다. 저녁 준비를 할 때도 계속 울고 있었다. 소리가 조금 약해진 것 같다. 식탁에 두 사람분의 수저와 밥공기를 놓으면서 저럴 바엔 어서 까마귀가 채갔으면 좋겠다고 생각했다. 어차피 그렇게 될 거라면 빠른 편이 고양이에게도 좋을 것이다.

노부에는 석간을 가지러 나갔다가 내키지는 않았지만 소리가 나는 쪽으로 가보았다. 해가 길어진 계절 특유의 밝고 푸르

스름한 저녁 무렵이었다. 훨씬 전에 꽃이 시들어버린 산딸나무 가지가 애기동백 울타리를 뒤덮고 있는 주변 바닥에 이제 막 털이 나기 시작한 새끼 고양이 한 마리가 앞으로도 뒤로도 나 아가지 못하고 기어 다니면서 지금은 완전히 쉬어버린 목소리 를 쥐어짜 어미 고양이를 부르고 있었다.

우편함에서 막 꺼낸 석간신문을 더럽힐 수는 없는 노릇이어 서 일단 집으로 돌아가 낡은 신문을 가지고 왔다. 한 장을 크게 펼쳐 깔고 막대기 모양으로 둥글게 만 나머지 신문지로 고양이 를 쿡쿡 찔러 깔린 신문지 위에 올라가게 했다. 적갈색이라 그 런지 두꺼비 같은 고양이였다. 고양이는 필사적으로 종이 막대 기에 매달리려고 했지만 결국에는 깔린 신문지에 벌러덩 넘어 졌다. 순간 눈이 크게 벌어졌지만 뭘 제대로 봤는지는 의심스러 웠다. 그럴 정도로 아직 작았다.

고양이를 싼 다음 살짝 비틀듯 느슨하게 신문지 구멍을 막 고 채소가 심어져 있는 서쪽 밭으로 버리러 갔다. 밭 주인에게 는 미안하지만 숲 속에 버리면 까마귀가 발견하기 어려울 것 같았다. 어쨌든 곧 어두워진다. 까마귀에게 발견되지 못하더라 도 아침까지는 죽을 것이다.

한 시간쯤 지났을 때 고용 목수인 도지가 일을 마치고 돌아왔다.

식탁에 앉아 평소와 마찬가지로 식사에 곁들여 조용히 반주(飯酒)를 들었다. 노부에는 새끼 고양이를 밭에 버리고 온 이야기를 했다.

"그래?"

아주 잠깐, 그렇게만 대답하고 잔에 술을 가득 따르는 도지가 유산한 아이를 떠올리지는 않았을까 하는 생각이 들었다.

노부에가 임신하기 전에는 저녁 식사만은 다다미가 깔린 거실의 상에서 편안히 앉아 천천히 먹는 것이 습관이었다. 고령임신을 한 노부에가 앉았다 일어서기를 반복하며 부엌과 거실 사이를 오가지 않도록 아침 식사나 휴일 점심과 마찬가지로 저녁도 부엌 식탁에서 하자고 말을 꺼낸 것은 도지였다. 바뀐 습관은 이제 더는 필요가 없는데도 원래대로 돌아오지 않는다. 이것 말고도 돌아오지 않은 것이 너무 많아 도지도 노부에도 어쩔 줄 모르고 있다. 여섯 달 동안 태아가 있던 배 속에 지금은 텅 비고 끝 모를 우물이 입을 벌리고 있다. 노부에는 그 어두운 허무 속으로 떨어질 것만 같은 기분이었다.

새끼 고양이는 이미 신문지 자궁 속에서 숨이 끊어졌을까.

밤이 깊어지고 있었다. 도지는 푸근한 표정으로 술잔을 들이켜는 중간 중간 쇠고기조림과 찬 두부를 입으로 가져가며 평소대로 직장 동료 이야기나 보냈던 백중(百中 : 음력 칠월 보름 - 옮긴이) 인사장의 답장이 도착했다는 얘기를 조곤조곤 늘어놓았다. 신문 지면을 떠들썩하게 하고 있는 사건과 올봄에 일어난 체르노빌 원자력 발전소 사고의 영향이 일본을 포함해 넓은 지역에 미치고 있다는 얘기가 화제에 오르자 노부에는 새삼 이런 시대에 아이를 낳지 않아 다행이라고 생각하는 자신을 의식했다.

잘은 모르겠지만 태아를 유산한 것이, 이를테면 낮에 봤던 엄마 정도의 나이였다면 심신의 상처도 조금 달랐을지 모른다. 하지만 노부에는 마흔, 도지는 쉰둘이다. 이제 아이는 생기지 않는다. 아이는 다른 세상의 생물이라고 생각하며 17년간 함께 살아온 후의 느닷없는 임신이었다.

애당초 생리 불순으로 속이 메슥거려 병원에 갔던 터라 노부에는 어쩌면 다른 사람보다 일찍 갱년기가 시작된 것이 아닐까 생각했을 정도다.

검진 결과를 들은 밤, 까맣게 그을린 도지의 얼굴이 점점 붉어졌다. 입술이 떨렸다. 첫 잔을 입에 대다 말고 그대로 내려놓았다. 곧바로 말이 나오지 않았다.

"노부에, ……그래? 내, 내…… 손자뻘 되는 아기네."

도지의 눈이 촉촉해지는 것을 보고 노부에는 고개를 숙이고 입술을 안으로 말아 넣고 입을 꾹 다물었다.

도지는 아내도 감격에 겨워하고 있다고 생각했을지 모르지만, 노부에는 남편에게 말할 수 없는 비밀이 있었다. 아이의 아버지가 도지가 아닌 것 같은 당찮은 생각이 아니더라도 자신이 이 나이가 되어 임신한 것은 그 탓이라고 생각할 수밖에 없었다.

하지만 비밀은 아이와 함께 묻혀 사라졌다. 그날 밤으로부터 8개월이 지난 오늘 밤, 쇠고기조림을 안주로 목을 축이는 눈앞의 남편을 보면서 노부에는 또다시 '천벌'이라는 말을 어렴풋이 반추하고 있었다.

2

이튿날 아침, 아직 누워서 꾸벅꾸벅 졸고 있을 때 또 새끼 고양이의 울음소리가 들리는 것만 같았다.

도지를 출근시킨 후에 살펴보니, 마당의, 어제와는 상당히 떨어진 곳에, 작은 몸이 뒹굴고 있었다. 더 이상 울지도 움직이지도 않았다. 숨은 쉬고 있는데 하룻밤 사이에 모습이 완전히 변했다.

가장 눈에 띄는 것은 어깨 언저리에 상처가 벌어져 드러난 축축하고 벌건 살덩이였다. 왠지 피는 많이 나지 않았다. 어제 뜨고 있던 눈이 오늘은 더러운 눈곱으로 닫혀 있고, 오른쪽 눈은 심하게 짓물러 있다. 야위고 더러워져 어린 털이 엉망이었다.

신문지에서 빠져나와 버려진 밭에서 여기까지 기어 온 것일까. 그렇다고 생각할 수밖에 없지만, 이렇게 작은데 믿어지지 않았다. 새끼 고양이가 그러는 이유도 모르겠다. 이유 같은 것은 없겠지. 본능적으로 인간의 냄새가 나는 쪽으로 온 것일까. 어찌 되었든 여기에서 죽게 내버려 둘 수는 없다.

목덜미를 잡아서 들어 올리려 했지만 어깨의 상처가 걸려 할 수 없었다. 께름칙했지만 어쩔 수 없이 몸 밑으로 손을 넣어 들어 올렸다. 손에 느낌이 없을 정도로 가벼워 공포를 느꼈다. 싫다. 이런 건 너무 싫다. 새끼 고양이로 아기의 업보를 대신하고 있는 것 같은 게 가장 싫다.

필요한 처치를 하고 먹을 것을 준 다음에 다시 한번 좀 더 멀리 버리러 가야지. 백에 하나쯤은 누군가 데려가 키울 가능성도 있다.

노부에는 손바닥에 고양이를 올려놓은 채 뒷문을 통해 부엌으로 들어갔다.

다랑어 조각을 아주 잘게 찢어 뜨거운 물에 불려 주자 고양이는 미친 듯이 먹었다. 잔뜩 힘이 들어간 뒷목이 무방비하게 드러나 있는 것을 노부에는 보고 말았다. 먹는 모습은 아직 서툴고 어색했다.

배고픈 사람에게 갑자기 음식을 많이 먹여선 안 된다고 들은 적이 있고, 고양이도 마찬가지일 것 같아 중간에 접시를 빼앗았다. 그러자 고양이는 빈 캔에 담아준 물 쪽으로 방향을 바꿔 얼굴을 처박고 사레가 들면서도 하염없이 물을 마셔댔다.

물을 다 마시고 나자 고양이는 다리를 쭉 뻗고 눈곱 낀 눈으로 한동안 허공을 바라보며 움직이지 않았다. 그 모습은 어쩐지 보는 사람이 슬퍼질 만큼 행복해 보였다.

손을 내밀자 고양이는 아무 주저 없이 기어서 다가왔다.

화장 솜을 물에 적셔 우선 상처를 닦아냈다. 싫어서 바동바동할 것이라고 생각했는데 고양이는 낑낑대지도 않고 얌전했다. 지나치다 싶을 만큼 저항 없이 모든 것을 내맡기는 점이 노부에게는 부담이었다. 작은 몸을 생각하면 꽤나 큰 상처였다. 3센티미터 정도나 된다. 피부만이 아니라 살도 찢어져 있다.

눈곱은 좀처럼 떨어지지 않았지만 끈질기게 솜으로 닦아내니까 조금씩 떨어졌다. 부스럼 딱지 같은 것이 오른쪽 눈에 남았는데, 억지로 떼어내면 피가 날 것 같아서 그대로 두었다. 입가도 깨끗하게 하려다가 깨달은 것인데, 이 고양이의 눈과 코, 입의 연분홍 피부에는 처음부터 새까만 주근깨 모양이 점점이 흩어져 있었다. 그 때문인지 아무리 닦아내도 더러운 것 같은 느낌이 들었다.

그래도 마당에 쓰러져 있던 때와 비교하면 고양이는 완전히 달라 보였다. 이렇게 작은 덩치에 귀도 비늘처럼 작은데, 이미 얼굴 여기저기에 수염이 제대로 나 있었다.

잠깐 생각하고 난 후에 마지막으로 너무 화려해서 쓰지 않는 손수건을 접어 상처에 붕대 대신 사용했다. 감지 않고 앞발과 머리 모양에 맞춰 구멍을 도려내 옷처럼 입힌 다음 끝을 모아 등 뒤에 매듭을 지었다.

그리고 다시 다랑어를 주었다.

밤이 되어 도지가 돌아왔을 때 새끼 고양이는 낡은 옷감을 깐 빈 휴지 케이스 안에서 자고 있었다.

남편에게 오늘 있었던 일을 얘기하고 다시는 돌아오지 못할 곳에 버려달라고 부탁했다.

노부에가 휴지 케이스를 들어 올리자 새끼 고양이는 살짝 눈을 뜨고 고개를 들었다. 도지는 고양이의 작은 몸을 보고 놀란 듯했다.

"그럴 바에는 집에서 키우면 어떨까?"

"살아 있는 생물은 좋아하지 않아."

아이도 생물이다. 둘 다 동시에 그렇게 생각하고 지금 상대도 그렇게 생각하고 있다는 것을 깨달았다.

"그래."

"차로 버리고 와요."

"그렇게까지 안 해도 돼. 이렇게 작은데."

상자를 안고 나간 도지는 5분도 채 안 되어서 돌아왔다.

"어디다 버렸어?"

"숲 건너편 도로 쪽 풀밭에 놓고 왔어. 오줌을 오래 누기에 그대로 두고 왔어."

"좀 더 먼 데 두고 왔으면 좋았을 텐데."

"그렇지만 다른 사람 집 주변에 버릴 수는 없잖아. 게다가 거기라면 누가 지나가다 주워 갈지도 모르고."

3

      밤부터 비가 내렸다. 어둠 속에서 빗방울 듣는 소리를 들으면서 노부에는 얕은 잠에 빠진 가느다란 눈매의 새끼 고양이를 생각했다. 유산된 아이를 생각했다. 생각하지 않을 수 없는 많은 것을 생각했다. 조용히 옆에 누워 있는 남편도 천장을 보면서 빗소리를 듣고 있는 것 같았다.

   이윽고 새벽녘에 잠깐 깊은 잠에 빠졌다가 눈을 떠보니 빗소리는 조금 멀게 느껴졌다.

   일요일이라 평소보다 30분쯤 늦게 일어났다.

   아침 식사 준비를 거의 끝내고 된장국에 넣을 파를 가져오려고 뒷문을 열었다. 가는 비가 나무와 풀밭을 적시고 있었다.

문 바로 바깥, 화분과 벽돌, 절임용 병을 쌓아놓은 언저리에서 부스럭거리는 소리가 나더니 그 고양이가 기어 나왔다. 노부에의 손끝을 향해 똑바로 온다.

노부에는 우두커니 서서 커다랗게 눈을 떴다. 지면에서 꿈틀대는 엉킨 적갈색 털에 무시무시함을 느꼈다. 이런 일이 있을 수 있을까. 이렇게 작은, 생각할 힘 따위를 가지고 있다고 여겨지지 않는 생물이 살아남을 가능성에 모든 것을 걸고 숲 너머에서 여기까지, 그것도 어제 노부에가 이 고양이를 집에 데리고 들어온 문까지 기어 왔다는 말인가.

고양이는 온몸이 진흙투성이였다. 붕대를 대신했던 손수건은 도려낸 구멍에서 발이 빠져 매듭이 턱 밑으로 돌아가 있었다. 그것을 제 발로 밟으면서 기어 오는 통에 비틀거리기만 할 뿐 진행이 무척 더디었다.

안아 올리자 손수건도 털도 진흙도 마른 상태였다. 밤사이에 여기까지 와서 처마 밑의 잡동사니 그늘에서 비를 피하며 숨어 있었나 보다.

"잘 먹네."

아침 식사를 마치고 차를 마시면서 도지가 말했다. 고양이는 아직도 정신없이 다랑어를 먹고 있었다.

새끼 고양이가 제 힘으로 돌아왔다는 것을 알고 도지는 무척 복잡한 표정을 하고 아내에게서 시선을 피했다. 사실은 고양이 옆으로 와서 쓰다듬고 싶으면서 노부에를 배려해 그 후로도 바라만 볼 뿐이었다.

목수라는 이미지와는 어울리지 않는 도지의 이런 점을 노부에는 좋아하기도 했지만, 지금처럼 성가시기도 했다. 퇴원해 집으로 돌아온 이후 남편이 보이는 조심성에는 어딘가 겁먹은 듯한 부분도 포함되어 있다. 지금도 스스럼없이 고양이를 안아서 기르자고 분명히 얘기하면 노부에도 그럴 마음이 생길지 모른다.

"암컷이야, 수컷이야?"

"아마 수컷일 거야."

둘 다 순식간에 연상해버린다. 배 속에 있던 아이도 아들이었다. 간호사에게 그렇게 들었다.

"이번에는 내가 버릴 거야. 옛 저택 터 숲까지 갈 거야."

어떤 저택이 있었는지는 모르지만 15분쯤 걸으면 저택 터 숲이라는, 벚나무가 많은 숲이 펼쳐져 있다.

"그래."

남편은 요즘 "그래"라는 말만 하고 입을 다무는 경우가 많다.

적어도 비가 내리는 동안에는 여기에 둘 생각이다. 비가 그

치면 버리러 가자.

　도지가 먹고 싶다고 해서 점심에는 소면을 만들었다.

　비가 강해졌다 약해졌다 하면서도 아직 그치지 않아서 고양이는 계속 이곳에 있을 수 있다는 것을 의심할 여지가 없다는 듯 부엌에 있었다. 넉넉하게 준비한 달걀지단을 그릇에 담아 나눠 줬더니 그것도 신나게 먹었다. 빈 캔의 물도 원할 때마다 마셨다. 그 뒤로는 번잡스럽게 하지도 않고 어슬렁거리지도 않고 적당한 장소에 누워 대굴대굴 몸을 뒤집었다. 이 집의 일이라면 뭐든 다 안다는 듯 왠지 익숙했다. 어쩐지 일부러 그런 척하는 것처럼 보이기도 했다.

　뒷문까지 기어 와서 구해줄지도 모르는 인간을 가만히 기다리던 것도 그렇지만, 노부에는 이 작은 고양이가 왠지 평범하지 않은, 불가사의한 현명함을 가지고 있는 것처럼 여겨졌다. 먹을 것을 얻어먹을 때의 열심이지만 자제하는 표정과 눈에 띄지 않게 혼자 노는 모습, 그래서 더욱 관심이 가는 노부에의 시선을 재빨리 알아차리고 좋아서 반짝 빛나는 눈까지, 옛날 노부에의 친정에서 길렀던 고양이와는 미묘하게 달랐다.

　어떻게든 마음에 들어서 여기에서 살 수 있도록, 고양이 나름대로 최선을 다해 노력하는 것처럼 보였다. 이것도 고양이라는 애완동물의 본능 중 하나라고 한다면, 이 고양이는 그 본능이 무척 강한 게 틀림없다.

게다가 이 고양이는 거의 울지 않는다. 그런 점에서 시끄러웠던 친정 고양이와 또 다르다. 노부에는 귀여운 척 야옹거리는 고양이의 울음소리가 너무 싫었다. 어쩐지 그것마저도 알아차린 것만 같다. 밖에서는 그렇게 계속 울어대던 주제에 도대체어찌 된 것일까. 너무 울어서 목소리가 나오지 않는 것일까.

두 시 넘어 고이치가 왔다.

현관 앞에 가져온 술 됫병을 내려놓은 다음 우산을 접는 데 신경을 쓰는 척하면서 고이치는 노부에의 몸을 걱정하는 인사말을 낮게 웅얼거렸다. 유산된 아이에 대해서는 말하지 않는다. 아마도 이 남자는 이 순간이 너무 겁나서 지난 한 달 반 동안 얼굴을 보이지 않았던 것이리라.

우산을 쓰고 왔는데도 셔츠의 어깨와 가슴이 젖어 있다.

"덕분에, 정말, 예, 완전히 좋아졌어요." 노부에는 어정쩡하게 인사를 건넸다. 곧바로 도지가 나와서 마음이 놓였다.

"어이, 어지간히 뜸을 들였네. 오늘도 안 오면 어쩔 수 없이 장기판이랑 말을 차에 싣고 내가 쳐들어갈까 생각했지. 자, 어서 들어와."

손을 잡아끌고 들어갈 정도로 대환영이다.

"아니, 비까지 내리니 할 일도 없어서 오랜만에 한 판 둘까 하고요."

평소대로 거실 옆 세 평짜리 방으로 가서 문을 닫는다.

손님방이라고 부르는 이 방에는 동향의 툇마루가 있어서 날씨가 좋은 날에는 그곳에 방석을 깔고 장기를 두었다. 오늘은 그럴 수 없기 때문에 방 가운데 놓인 책상을 구석으로 밀고 바닥에 앉았다.

고이치도 목수였다. 아직 젊다. 올해로 서른다섯이라고 들었다. 2년쯤 전부터 도지가 일하는 건축사무소에서 일하기 시작했다. 원래 직장이 같아도 현장이 다르면 자주 얼굴을 볼 수 없었다.

"이번에 우리 팀에 들어온 젊은 친구가 장기를 둔다고 해서 다음 쉬는 날에 부르려고. 괜찮겠어?"

고이치가 막 입사했을 무렵 술을 한잔 마시며 도지가 말했다. 도지의 장기 친구였던 두 장인이 우연히도 잇따라 회사를 그만둔 참이었다.

"도쿄에서 대학을 나왔는데 목수가 되다니, 무슨 일이 있었나. 많은 일을 겪은 모양이야. 진득한 눈매가 다카쿠라 겐이 젊었을 때랑 조금 비슷해. 그래서 첫날부터 모두 겐 씨라고 부르며 놀렸어."

처음 집에 온 고이치를 봤을 때 도대체 어디가 다카쿠라 겐과 닮았다는 것인지 노부에는 도통 알 수가 없었다. 완전히 다른 타입의 얼굴에다 어딘지 거친 느낌도 있었다. 하지만 그보다 노부에는 수염이 드문드문 난 고이치의 검은 뺨과 언제나 딴생각을 하는 듯한 눈빛에서 죽은 동생을 보는 것만 같았다. 동생은 친정집 뒤의 용수지에 빠져 초등학교 4학년인 어린 얼굴 그대로 죽었는데 왜 그렇게 느꼈는지 모르겠다.

그 후로 고이치는 적어도 한 달에 한 번은 집에 왔다.

남편과 손님을 위해 다과를 준비하는 사이, 새끼 고양이는 테이블 밑에 늘어져 잠을 자고 있다. 진흙을 닦아내고 손수건 붕대도 다시 감아주어 깨끗해졌지만, 잔뜩 먹고 마셨으니 오줌을 싸지나 않을까 걱정되었다. 아무래도 빨리 버려야만 한다.

둘이 앉은 자리 옆 바닥에 쟁반을 놓고 건성으로 장기 두는 모습을 한동안 바라봤다. 작은 말을 한 칸 옮기고 나서 고이치는 표정을 누그러뜨리고 감사하다는 뜻으로 고개를 숙였다. 그러고는 다시 시선을 말로 옮겼다.

노부에는 어느 쪽이 우세한지 모르지만, 도지와 고이치의 기가 장기판 위에서 얽히는 동안에는 자신이 끼어들 틈이 없다고 느꼈다. 남편은 고이치와 장기 궁합이 정말 잘 맞는다고 자주 말한다.

거실로 돌아와 앉은뱅이 탁자에 팔을 괴고 장지문 너머로 장기 두는 소리를 듣고 있었다. 손가락의 울림을 느끼며 탁 하고 장기판을 치는 남편의 말, 말을 내려놓으며 바닥에 닿는 사이의 잠깐 틈을 느끼게 하는 고이치의 말. 다시 강해진 빗소리.

이따금 남편이 신음 소리를 냈고, 뭔가 짧은 얘기를 나누는 소리가 들렸다. 고이치의 목소리는 거의 들리지 않았지만 딱 한 번 둘이 동시에 소리를 내서 웃었고, 누군가 방석 위에서 자세를 바꾸는 기척이 느껴졌다.

평소에는 열어놓는 부엌과 거실 사이의 문을 고양이가 들어오지 못하도록 닫아놓았다. 일어나 그 문을 열자 꽃 모양의 손수건 매듭을 등에 짊어진 고양이가 와락 뛰어왔다. 슬리퍼 끝까지 다가와서 안아주기를 기다린다.

개의치 않고 고양이를 지나쳐 싱크대 앞에 섰다.

한 시간쯤 지나서 손님과 남편에게 복숭아를 깎아다 주고 식은 차를 따뜻한 것으로 바꿔주었다. 그 김에 남편에게 속삭였다.

"잠깐 갔다 올게요."

"어디?"

"저택 터 숲."

"비가 그치고 가면 어때?"

"마침 빗줄기가 가늘어져서 다녀오려고."

"……그래."

4

　안을 만큼의 크기도 못 되는 고양이라 가슴에 기대어 움켜쥐었다. 다른 손으로는 비닐우산을 받쳤다.

　털의 부드러움, 몸의 가녀림, 무엇보다도 고양의 따뜻함이 안쓰러우면서도 역겹다. 걸으면서 차라리 꽉 움켜쥐어서 죽여버릴까 하고 생각할 정도로 더럭 화가 났다. 자연스럽게 손가락 관절에 힘이 들어간다.

　고양이는 완전히 몸을 의탁한 안락함 속에 있었다. 노부에의 손과 가슴 사이에서 바깥세상을 신기한 듯 바라보고 있다. 조개 조각 같은 회색 눈에 도대체 이 세계가 어떻게 비칠까. 왜 한 마리만 버려진 것일까. 어미는 지금 어디에 있을까.

고양이의 얼굴에 슈퍼마켓 카페테리아에 있던 남자 아이의, 케첩으로 뺨을 더럽힌 얼굴이 다시 겹쳐 떠올랐다. 거리 어디에나 있을 법한 그런 아이들 옆에는 반드시 어머니가 딸려 있다. 그런 너무나 당연한 일에 왜 심란해지는 것일까. 아이를 보는 어머니들의, 그 또 다른 자신과 한통속인 것 같은 눈빛이 노부에를 견딜 수 없게 만든다.

　전에 고이치가 집에 왔을 때는 아직 노부에의 배 속에 아이가 있었다. 그러고 보니 그날도 비가 왔다. 유월 초, 막 장마가 시작될 무렵이었다.

　"아니, 정말, 세상에 무슨 일이 생길지 모르겠네."

　차를 내오자 장기판을 노려보며 입을 다물고 있던 남편이 갑자기 그렇게 말했다. 눈은 노부에를 보면서 미소 짓고 있었는데, 말은 고이치를 향해서 했다.

　"이 나이에 아버지가 되리라고는 생각도 못했어. 아직 그리 배도 부르지 않지만 아무래도 기분이 묘해."

　갑자기 얼굴이 뜨거워졌다. 남편을 말릴 수도 없어 고개를 숙였다.

　"집 안에 말이야, 나와 아내 말고 또 다른 한 사람이 있다는 게 느껴져. 오랫동안 단둘이었는데 이 사람이 얘기하자마자 곧바로 셋이 되었어. 그 세 번째 녀석이 보통 놈이 아니야."

"아이고, 이런. 도지 씨, 벌써부터 아이 바보시네요."

도지에 이어 고이치도 잘 먹겠다며 찻잔을 들었다.

"아니, 진짜야. 그 녀석, 이 배 속에서 자유롭게 드나든다고. 이따금 어딘가 저쯤에 붕 떠서 우리가 하는 일을 뚫어져라 보고 있는 것 같다니까. '아버지 또 바보짓 하네' 하며 웃을 것 같아서 도무지 안심이 안 된다니까."

두 사람의 시선이 자신의 배에 집중되는 것을 느끼고, 노부에는 점점 더 깊이 고개를 숙였다. 빨리 방에서 나가고 싶은데 일어날 기회를 잡지 못하고 있다.

"자네도 금방이지. 마나미 씨, 틀림없이 좋은 엄마가 될 거야."

고이치는 그때 직장의 젊은 사무원과 막 동거를 시작했다. 도지와 동료 몇몇만 모여 단골 선술집 이층에서 결혼 잔치를 했다고 한다.

"그 사람은 좀 더 돈을 모으지 않으면 아이를 낳을 수 없다고 하네요. 당분간 회사를 관둘 생각도 없고요."

"오호, 그럼 당분간은 우리도 지금까지와 마찬가지로 회사에 얼굴을 내밀 때마다 마나미 씨의 보조개를 볼 수 있겠네. 그건 그렇고, 이 세상에 나오기 전의 아이는 유령하고 비슷해."

"아이고 또 그런 소리를, 유령이랑 같다니, 아무리 그래도 아

32

이가 너무 불쌍하네요. 하지만 정말로 축하드립니다."

고이치는 노부에 쪽을 향해 어색하게 고개를 숙였다.

"감사합니다. 고이치 씨도 결혼 축하드려요."

간신히 그렇게만 대답하고 인사를 한 후 일어섰다.

"아하, 아내도 나이가 어지간해서 부끄러운 모양이네."

남편은 웃음을 터뜨렸다.

모퉁이를 돌자 회색빛 하늘을 등지고 있는 저택 터 숲이 비에 아련해 보인다. 숲 언저리에 닿기도 전에 일찌감치 비에 젖은 낙엽 냄새가 났다.

카페테리아에서 소시지를 먹던 남자 아이에게서는 갓난아기의 얼굴을 떠올릴 수 없었다. 그것은, 갓난아기는, 정말로 그저 그림자에 불과했기 때문이다. 형태를 갖춘 얼굴을 갖고 있지 않았다. 의식을 찾았을 때에는 모든 처치가 끝나 있었다. 의사는 성별을 알려줬을 뿐 사체를 보여주지 않았다.

정신이 아득해질 정도로 무섭다는 생각이 든다. 죽어버린 자의 모습이 얼굴부터 어느 것 하나 떠오르지 않는다는 사실이. 태어나기 전에 죽는다는, 아직 태어나지도 않았는데 죽는다는 그것이 어떤 것인지, 자신은 아마 평생 이해하지 못할 것이다.

고양이는 경치를 보는 것도 질렸는지 노부에의 손안에서 몸을 동그랗게 말았다. 고양이의 체온 때문에 손바닥에 땀이 났고, 손바닥의 땀이 고양이의 털을 촉촉이 적셨다.

비는 아직 안개비였지만 숲은 엄청난 물을 품고 부풀어 있었다. 그 물속에 고양이를 풀어놓으면 고양이는 노부에의 마음을 품고 얼굴 없는 갓난아이가 있는 곳으로 갈까?

바리케이드처럼 나무들이 늘어선 숲의 중간쯤에 딱 한 군데, 길에서 조금 들어간 곳이 있었다. 그 풀밭에 고양이를 내려놓았다.

갑자기 손바닥에서 풀려난 고양이는 젖은 풀 위에서 여린 속내를 그대로 드러내며 푹 고꾸라졌다. 앞으로 쓰러져 얼굴이 땅에 박히는 바람에 사람 손가락만 한 뒷발이 허공에 뜬다. 간신히 다시 일어나 파르르 몸을 떨어 물방울을 털어내고, 내려진 곳에 그대로, 귀보다 큰 손수건 매듭을 짊어지고 웅크리고 있다.

길로 돌아 나와 떨어진 곳에서 상황을 봤다. 고양이는 한참을 움직이지도 울지도 않았다. 기다리고 있으면 노부에가 돌아오리라 생각하는 것처럼 보였다.

어쩔 수 없이 다시 가까이 가서 한 손으로 고양이를 들어 올렸다. 숲 가장자리에 무리 지어 자라고 있는 가는 나무들 사이에 손을 넣어 고양이를 가볍게 숲 속으로 던졌다. 고양이는 뒤엉킨 풀고사리 잎사귀 위에 툭 하고 떨어져 모습이 보이지 않았다.

한참 있다가 풀고사리가 흔들리더니 젖은 고양이가 기어 나왔다. 눈을 치켜뜨고 보는 것도 아닌데 주저 없이 노부에 쪽으로 온다. 노부에는 고양이가 두 번 다시 숲에서 나오지 못하게 해야겠다는 생각이 들었다.

이번에는 우산을 접고 숲으로 한 걸음 들어갔다. 가까이 온 고양이를 들어 올려 다시 한 번, 그리고 조금 전보다 멀리, 숲 안쪽으로 던졌다. 썩은 낙엽 위에 떨어진 순간, 울지 않던 고양이의 목에서 쉰 비명이 흘러나왔다. 노부에의 머리도 블라우스도 여기저기 물을 머금었다.

"어서 가!"

비틀비틀 일어선 고양이는 머리를 흔들고, 노부에에게 엉덩이를 보이고는 빼곡한 나무들 속을 멀거니 바라보고 있었다.

"어서 가라니까!"

'나는 이렇게 배 속에 있던 아이의 장례를 지내는 것이다.' 느닷없이 그런 생각이 들었다. 하나의 생명을, 이번에야말로 스스로의 의지로 보낸다. 눈을 똑바로 뜬 채 보내고, 떠나가는 모습을 분명히 기억에 담는다. 이것은 장례식, 비로 충만한 숲 속의 수장이다. 형태를 갖지 못한 갓난아기, 빠져버린 기억, 그 전부를 저 새끼 고양이에게 의탁한다.

자, 어서 가라. 숲 속으로, 훨씬 저 멀리로, 벚나무와 상수리 나무 가지가 어둠과 하나로 녹아 있는 저 수풀 속으로.

고양이는 그 후 두 번 다시 노부에를 돌아보지 않고 건너편에서 한없이 우두커니 서 있었다. 노부에는 발밑의 낙엽 더미를 뒤져 딱딱한 열매 하나를 주워 고양이에게 던졌다. 실은 고양이에게 닿지 않고 젖은 낙엽 위에 떨어져 소리도 나지 않았다.

하지만 그것이 신호라도 된 듯 고양이는 움직이기 시작했다. 스스로 안쪽을 향해 들어간다. 조금 전, 풀고사리 무더기에서 기어 나와 똑바로 노부에에게 왔던 때의, 그 확신에 찬 당찬 발걸음으로 반대 방향으로, 노부에가 가라고 명령한 쪽으로 기어간다. 나무뿌리에 걸리지 않도록 피하지도 않고 기어올랐다가 떨어진다. 배를 드러내고 뒤집어졌다가도 곧바로 일어난다.

고양이의 모습이 너무나도 또렷한 목적이 있어 보여서 노부에는 자기도 모르게 그 모습을 들여다봤다. 무성하게 잎을 드리운 나무, 서로 얽힌 잡초, 방울져 떨어지는 물. 어디를 봐도 그것밖에 없다. 이 거대한 숲 속에서 몇 센티미터, 또 몇 센티미터 발을 뻗는 고양이의 전진은 아무런 의미가 없다.

그래도 고양이는 조금씩 그러나 확실하게 노부에에게서 멀어져 갔다. 손수건의 붉은색이 흔들렸다. 고양이의 눈은 무엇을 발견한 것일까. 마치 늘어선 나뭇가지 너머의 어둠 속에서 무엇이 고양이를 부르고 있는 것처럼, 마치 그곳에 노부에가 기다리고 있다고 착각이라도 한 것처럼, 조금이라도 빨리 도착하려고 무심히 발을 놀린다.

신문지에 싸서 밭에 버렸을 때도, 잡목림 외곽에 두고 왔을 때도, 밤사이에 이렇게 기어서 집까지 돌아왔겠구나 하는 생각이 들었다.

특별한 것 하나 없는 비실비실한 나무 앞까지 간 고양이는 드디어 멈춰 서서 자리를 잡고 앉았다. 처음으로 고개를 들어 나무의 반응을 살피듯 나무 위쪽의 어둠을 올려다봤다. 노부에와 고양이의 사이를 나무들이 가리고 있었다. 그래도 고양이가 목적지에 도달해 숨을 돌리고 있는 것 같은 기척이 느껴졌다. 빗방울에 눈을 게슴츠레 뜨고 무엇을 기다리고 있다.

다음 순간, 고양이는 갑자기 휙 뛰어올랐다. 더 이상 기다릴 수 없다는 듯 네 다리의 작지만 날카로운 발톱 전부를 사용해 그 나무의 가지를 안고 도마뱀처럼 달라붙었다.

그런 일이 가능하리라고는 생각하지 못했다. 왜 그런 짓을 하는지도 모르겠다. 사실은 기어오르고 싶었는데 달라붙는 것이 최선이었을 것이다.

이제 떨어지려나, 이제 떨어지려나 하고 노부에가 보고 있었는데 역시 고양이는 떨어졌다. 하지만 곧바로 또 이상한 점프를 해서 나뭇가지에 달라붙는다. 그러나 이번에도 오래 견디지 못했다. 조금 전처럼 툭 떨어지지는 않았지만 발톱을 세운 채 조금씩 미끄러져 떨어진다.

세 번째, 네 번째가 되자 고양이의 움직임에 광기 같은 것이 나타나기 시작했다. 무척 절박한, 당돌한 점프로 나뭇가지에 힘껏 매달릴 때면 귀를 뒤로 젖히고 입을 벌렸다. 또 짧은 꼬리를 열심히 떨어댔다. 쉰 목소리를 내고 있을지도 모른다.

드디어 효과적인 방법을 찾아냈는지, 아니면 버려진 몸의 기백 탓인지, 몇 번의 도약 후에 고양이는 좀처럼 떨어지지 않았다. 거무스름하고 젖은 나뭇가지에 달라붙은 작은 몸은 나무를 상대로 괴상한 포옹에 취한 것 같기도 했고, 죽음을 향한 광기 어린 전투에 도전하는 것 같기도 했다.

숲에서 나와 비닐우산을 쓰자 다른 세상처럼 희뿌연 공간에 가는 비가 내리고 있었다. 노부에는 그 순간, 왠지 마취에서 깬 것 같은 느낌이 들었다.

마지막으로 고개를 돌려 나무들 틈을 들여다보니 착란에 빠진 고양이는 아직도 나뭇가지에 매달려 있다.

5

　　　　　　집 앞에 초등학생용 노란 우산을 쓴
여자 아이가 있었다. 어슬렁거리면서 울타리 틈으로 안을 들여
다보고 있다.

　3학년쯤 되려나. 여자 아이는 바로 옆으로 다가갈 때까지도
노부에를 알아차리지 못했다.

　"무슨 일이니?"

　물어보는데 왜 그렇게까지 놀랄까 싶을 정도로 아이의 얼굴
에 겁먹은 표정이 떠올랐다. 뭔가 아이에게 특별한 공포와 혐오
감을 줄 만한 것이 자신에게서 배어나오는 게 아닐까 하고 노
부에는 저어되었다.

"무슨 용건이 있어서 온 거 아니니?"

소리와 표정을 가능한 한 부드럽게 했는데도 대답은 없다. 노란 우산은 뒤틀려 우산살이 하나 비어져 나와 있다.

아이를 다루는 데 익숙하지 않은 노부에는 어쩔 줄 몰랐다. 얼굴에서 땀이 난다.

그런가? 이 아이는 길 너머에서 걸어온 나를 그저 지나가는 사람이라 생각하고 경계하고 있는 것이다. 그렇게 추측했다.

"여기, 아줌마 집이야. 아줌마, 이 집에서 살아."

"알아요."

다시 곤혹스러워진다. 어떻게 알고 있지?

"그럼 아줌마가 아니라 아저씨한테 용건이 있니?"

아이는 입을 다문 채 고개만 가로젓는다.

"저기, 왜 그러니? 말해주지 않으면 모르잖니."

"고양이, 보러 왔어요."

순간, 엉망이 되어 나무에 착 붙은 작은 모습이 떠올랐다. 아이에게 모든 것을 들킨 것만 같았다.

"고양이라니……."

"아줌마가 그 고양이를 키워주는 건지 아닌지, 보러 왔어요."

입을 꾹 다물고 나무라기라도 하듯 똑바로 쳐다보고 있다. 조금 전의 겁먹은 표정에서 백팔십도 바뀌어 묘하게도 넉살스러운 모습이다.

"너, 네가…… 버린 거니?"

시선을 휙 돌린 여자 아이가 끄덕인다. 갑자기 빗발이 강해져 우산 위로 무거운 소리가 났다.

"너, 어디서 왔니?"

"오사카."

"꽤 머네. 그런데 그게 아니라 지금 사는 데를 물은 거야."

여자 아이는 손을 들어 버스 정류장 쪽을 막연하게 가리켰다.

"어쨌든 잠깐 안으로 들어가자."

마른 수건으로 빨리 몸을 닦고 싶었다. 모양만 그럴싸한 철제 문을 밀고 기다렸지만 아이는 움직이지 않았다. 노부에는 선 채 땅바닥으로 끌려 내려갈 것만 같은 피로감을 느꼈다.

"됐어요. 엄마한테 혼나요."

"하지만 비가 많이 오는구나. 아줌마가 집에 전화해서 상황을 얘기할게."

"엄마는 집에 없어요."

"일하시니?"

끄덕인다. 노부에는 점점 조바심이 났다.

"고양이에 대해 알고 싶지? 그렇다면 이렇게 비가 내리는 데에서 제대로 얘기할 수 없잖니."

그러고도 한참을 망설인 끝에 여자 아이는 결국 헐렁한 장화 소리를 내며 노부에를 따라왔다.

　여자 아이도 노부에 못지않게 흠뻑 젖어 있었기 때문에 수건을 한 장 건넸다. 어른이 도와줘야 하는지 모르겠어서 머리를 닦으면서 흘끗 쳐다보니 얼굴과 팔다리를 상당히 꼼꼼하게 닦고 있다. 여러 번 빨아 빛바랜 티셔츠가 너무 작아, 반대로 너무 헐렁한 반바지 사이로 하얀 배가 이따금 보였다. 그 배를 봤을 때, 노부에는 어쩐지 이 아이가 도마뱀을 닮았다고 생각했다.

　아이가 자리에 앉자 낯익은 의자가 이상하게 커 보였다. 그 때문에 마음이 어수선해져 또다시 식은땀이 났다.

　"아줌마, 고양이는 어디 있어요?"

　묻는 눈이 바닥에 깔린 돌 위에 놓인 물이 든 빈 깡통을 보고 있다. 역시 이 집 어디에 고양이가 있다고 판단한 모양이다.

　빨리 사과하고 싶었지만 어떻게 말을 꺼내야 할까.

　일단 보리차와 마침 단 게 없었기 때문에 고이치에게 내줬던 것과 같은 것을 식탁에 놓았다. 고맙다는 말도, 잘 먹겠다는 말도 없이 아이는 그것에 손을 뻗었다.

　"실은 말이야……."

　말을 꺼냈는데 인기척을 들은 도지가 부엌으로 들어왔다. 아이가 덜컥 겁을 내며 잡으려고 했던 것에서 손을 뺐다.

"어허, 뭐지? 손님이야?"

눈을 크게 뜨고 놀란다. 이 집 부엌에 아이가 있다는 것은 역시 보통 일이 아니다. 노부에는 말문이 막혀 조금 전의 심란함이 다시 격렬해졌다.

"어쩐 일이야? 누구네 집 아가씨지? 노부에, 갔다 왔어? 그렇게 젖어서, 얼굴이 안 좋네."

"그 고양이, 얘가 버렸대. 돌아왔더니 집 앞에 서서 안을 들여다보고 있었어."

두 개밖에 없는 의자에 노부에와 아이가 앉아 있었기 때문에 도지는 발 받침대 대신 사용하는 둥근 의자를 가지고 와서 앉았다.

"아가씨 집에서 태어난 고양이야?"

여자 아이가 고개를 흔든다. 한마디도 하지 않겠다는 듯 입을 굳게 다물고 있다.

"고이치 씨는?"

"아, 장고(長考) 중이야. 슬슬 끝나가는 판이라 오랜만에 야씨도 불러 술이나 한잔할까 해서." 지독하게 눈치를 본다.

"괜찮겠네. 이런 날은 시끌벅적한 게 좋지."

"그런데 당신 얼굴이 너무……."

"괜찮아. 조금 추웠어. 움직이면 금방 좋아져. 그래, 뭐라도 만들어야겠다. 두부튀김과 고기감자조림이라도 만들어야겠다."

"고마워." "고기감자조림?"

도지와 아이가 동시에 말하고 어른 둘이 동시에 아이의 얼굴을 봤다.

"아가씨는 고기감자조림을 좋아하나?"

"응."

"그렇구나. 하지만 어쩌지. 너무 늦으면 어른들이 걱정하실 텐데. 다음에 어머니께 꼭 얘기하고 점심 먹으러 와. 그러면 여기 아줌마가 고기감자조림을 만들어줄 테니까."

"저기 고양이는요? 고양이는 어디에 있어요?"

도지의 말을 무시하는 태도가 어딘지 어른스러워 아이답지 않았다.

"그 고양이 말이야, 없어졌어."

안색을 살폈지만 듣지 못했다는 듯 반응이 없다.

"나도 모르는 새 문틈으로 나가버린 것 같아."

여자 아이는 식탁 위에 있던 것을 입에 넣고 소리를 내며 씹었다. 놀라거나 슬픈 것 같지는 않다. 이 정도 나이쯤 되는 아이는 처음 보는 어른에게 이런 무표정을 짓나. 정말 도마뱀처럼 체온이 느껴지지 않는다. 슈퍼마켓 카페테리아에서 어머니에게 응석을 부리던 남자 아이도 몇 년이 흐르면 이 아이처럼 되는 것일까.

"너, 일부러 우리 마당에다 고양이를 버린 거니?"

"저기 밭이나 숲 쪽에 버리고 오라고 엄마가 말했어요."

"그랬으면 좋았잖니. 왜 하필이면 우리 집 마당에다?"

"고양이와 둘이 밭에 쭈그리고 앉아 있는데 아줌마가 이 집으로 들어가는 걸 봤어요."

"그게 왜?"

"아줌마가 고양이를 키워줄 것 같은 얼굴을 하고 있어서요."

"아니, 무슨 그런 소리를……."

"잠깐만."

도지가 끼어들었을 때 복도로 이어지는 입구에서 고이치가 얼굴을 디밀었다. 너무 오래 기다려 더 이상 참을 수 없었던 모양이다. 뜻밖이라는 얼굴로 발을 걷은 채 우물쭈물하고 있다.

노부에가 의자에서 일어났는데, 아이 쪽이 더 빨리 일어섰다.

"돌아가는 거니?"

"찾아보려고요."

"어? 잠깐, 너."

"찾아서 데려오면 아줌마가 길러줄 거예요?"

순식간에 장화를 신고 역시 도마뱀처럼 쓱 빠져나갔다.

6

"찾았을까." 고이치가 반쯤 혼잣말처럼 말했다.

아직 시간이 많이 흐르지 않았는데도 창밖은 어둠이 내린 듯 캄캄했다. 눈이 따갑도록 인공적인 빛을 쏟아내는 형광등 밑에서 두 사람 다 이야깃거리를 찾으며 부지런히 찻잔을 입으로 가져갔다. 고이치가 식탁 의자에 앉은 것은 처음이었다. 단둘이 된 것도 처음이었다.

나이가 많은 자신이 자연스러운 대화를 이끌어내야 할 것 같은데, 노부에는 원래 그런 데 서투르다. 자연스럽게 맞벌이 신혼 생활에 대해 슬쩍 물어보면 될 것을.

수건을 준비하고 지갑을 가지러 가는 등 조금 시간이 걸리긴 했지만, 도지가 집을 나간 것은 아이가 사라지고 3분도 지나지 않아서였다. "어쨌든 찾아서 집에 보내야겠어. 그다음에 느긋하게 술자리를 벌여야지" 하고 남편은 웃었다.

"아니, 그게 아니라, 고양이 말이에요. 그 아이가 찾겠다고 한 고양이를 찾았나 싶어서."

"아, 그건……."

찾았을 리 없다.

"그 고양이, 실은, 조금 전에 제가 버리고 왔어요."

고양이에 대해 말하고 싶지 않았지만 그것 말고는 이 숨 막히는 상황을 타개할 방도가 없었다. 마음이 차가운 여자라고 여길 것이 분명한데도 처음에 버린 밭에서, 그리고 두 번째 버린 잡목림에서도 필사적으로 돌아온 고양이를 또다시 먼 숲에 버려두고 왔다고 얘기했다.

고양이가 얼마나 작은지, 얼마나 큰 상처를 입고 있는지, 얼마나 열심히 자신에게 기어 왔는지를 얘기하는 가운데 왠지 흥분되어 이상하게 위악적이고 도전적인 기분이 되었다. 고양이, 고양이 하고 얘기하면서 동시에 고양이가 아닌 다른 작은 것에 대해 떠들고 있다는 것을 스스로도 어렴풋이 깨달았다.

고이치는 한마디도 끼어들지 않았다. 이야기가 다 끝나자 침묵이 찾아오고 빗소리가 들렸다.

"불쌍하게……."

겨우 그렇게 말하고 고이치는 의자 위에서 불편한 듯 몸을
움직였다.

노부에는 불가사의한 느낌이 들었다. 아무리 생각해도 고이
치의 "불쌍하게"라는 말이 역시 고양이에게 한 것 같지 않았다.
그것이 왠지 자연스럽게 노부에의 가슴에 전해졌다.

빗소리에 섞여 냉장고 모터가 윙윙 소리를 내기 시작했다.
조금 전보다 훨씬 더 숨 막히는 상황이 되었는데도 노부에는
될 대로 되라는 마음이 들었다.

"만약 찾으면, 그 고양이, 제가 키워도 되겠어요."

"하지만…… 아파트에서 키워도 괜찮아요?"

"어떨지 모르죠. 낡고 더러운 건물이라 집주인이 묵인해주는
지 모두 고양이나 개를 꽤 키워요. 우리 집사람도 동물을 좋아
하고요."

고이치 씨께 고양이를 찾으러 갑니다.
여섯 시께지는 돌아올게요.

도지가 보도록 신문광고 뒷면에 갈겨쓴 메모를 식탁에 남기

48

고 집을 나섰다.

고이치는 자기 차로 가자고 했지만 저택 터 숲 주변에는 논두렁길이 넓지 않아 차는 들어갈 수 없다.

비가 내려서 다행이라고 노부에는 생각했다. 숲에 도착할 때까지 각자 우산을 쓰느라 얘기를 나누지 않고 걷는 부자연스러움이 해소되었다.

슬며시 주위를 살폈지만 가는 길 어디에도 도지나 여자 아이는 없었다.

길에서 들어간 풀밭에 서자 노부에는 돌아보며 우산을 조금 뒤로 젖혔다. 고이치는 커다란 파란 우산을 쓰고 있어서 얼굴이 마치 어둑어둑한 물속에 떠 있는 것처럼 보였다.

"여기예요. 저기 저 나무 사이로 숲 속에 던졌어요."

말하면서 앞으로 나가 나무들 사이에 우산을 넣어 들여다봤다. 손수건의 붉은색이 보이지 않을까 살폈다. 바로 옆에 와서 마찬가지로 응시하는 고이치에게도 손수건에 대해 전했다.

숲에는 숲의 비가 내리고 있었다. 물방울이 잎사귀를 타고 모여 떨어질 때마다 나뭇가지 끝이 흔들렸다. 흔들리는 숲 속에 검게 젖은 무수한 가지가 처연히 서 있다. 그중 어느 것을 고양이가 선택했는지 노부에는 도무지 알 수 없었다.

"저기쯤이에요." 대강 가리킨다. "저기쯤 있는 나무에 발톱을 세우고 달라붙어 있었어요."

고이치는 우산을 접었다.

"들고 있을까요?" 하고 노부에가 손을 내밀자, "아니요, 여기에 두면 돼요" 하고 바로 옆 가지에 꽂았다.

나무 몇 그루를 빠져나간 것만으로 고이치의 머리도 셔츠도 흠뻑 젖었다. 운동화를 신은 발을 한 걸음 내디딜 때마다 듣기 좋은 소리를 내며 잔가지가 부러졌다. 가지가 아니라 고양이를 밟아 으깨는 게 아닐까 그가 걱정하고 있는 것이 전해진다.

좌우로 시선을 보내며 조심스럽게 고이치가 고양이가 있던 근처까지 가는 데 15분 가까이 걸렸다. 그 장소를 중심으로 크게 범위를 넓혀가며 찾는 데 또 30분이 걸렸다.

서서 기다리던 노부에의 다리가 저리기 시작했다. 습해진 옷 위에 손바닥을 대고 어느새 또 배를 문지르고 있다. 텅 빈 배 속에는 공허함 자체가 가득 차 실체를 얻어 날마다 커가는 느낌이다. 그 공허함을 안은 채 아무도 찾지 못하는 곳에 혼자 웅크리고 있고 싶었다.

노부에는 임신한 날 밤을 또렷하게 기억하고 있다.

그 겨울날 오후에도 역시 고이치가 집에 와서, 인사도 대강 하고 도지와 둘이 장기판에 말을 늘어놓기 시작했다.

과자와 녹차, 귤을 담은 바구니를 가지고 가 다다미에 무릎을 댔을 때 고이치가 입고 있는 회색 스웨터의 팔꿈치에 실밥이 비어져 나와 있었다.

"어머, 팔꿈치가……."

생각보다 말이 먼저 튀어나왔다.

"어, 진짜! 구멍이 나겠네. 마침 잘됐네. 아내에게 부탁해."

"아, 아까 어디에 걸려서. 하지만 이건 이미 낡은 거라……."

"하지만 그대로 두면 올이 점점 풀려요."

"맞아, 뭘 그리 예절을 차리나. 수선하면 금방 입을 수 있는데."

스포츠셔츠만 입게 된 고이치에게 남편의 카디건을 빌려주고 스웨터를 가지고 거실로 돌아왔다. 칼라와 소매 부분이 상당히 늘어난 스웨터에 고이치의 냄새와 체온이 남아 있었다.

바느질 상자에서 비슷한 색깔의 비단실을 찾아 수선한지 모르도록 조심스럽게 꿰맸다. 장지문 너머에서 말을 놓는 소리와 신음하는 소리, 이따금 조곤조곤 얘기를 나누는 소리가 들렸다.

"그런데…… 그 뒤에 어떻게 됐나?"

이야기 도중에 말을 내려놓는 소리를 끼고 남편이 물었다.

"별로 이렇다 할 게 없어요."

조용히 대답한다. 그리고 긴 침묵. 노부에는 귀를 기울일 생각은 없었다.

"이제 와서 무슨 소리야. 매일 같이 퇴근한다는 게 공공연한 비밀이야. 처음에는 도망만 다니던 고이치도 마나미 씨의 보조개와 일편단심에 넘어갔다고 말이야. 요즘 보기 드문 상냥한 아가씨지. 두 사람, 잘 어울려."

그대로 대화가 끊기고 장기짝 소리만 났다. 벌어진 틈을 잇고 실을 끊은 다음에 수리할 곳이 또 없나 스웨터 전체를 쓱 훑어본다.

갑자기 소리가 났다.

"여자는 잘 모르겠어요."

"그래? 왜?"

"다정하게 대하는 게 싫대요."

"그래?"

"팔을 잡아도 멍이 생길 정도로 세게 잡아주는 게 좋대요."

"어이, 그런 애길 하는 게 누구라고?"

오랫동안 말 놓는 소리와 함께 그런 얘기가 오간 후 대화는 갑자기 활기를 더해 노부에는 이해하지 못하는 장기의 승패에 관한 화제로 넘어갔다.

밤, 이불 속에서 노부에가 먼저 요구했다. 그런 일이 처음은 아니었다.

하지만 그날 밤의 노부에는 남편의 부드러운 포옹에서 벗어나 어딘지 격렬한 기류에 휩싸인 낯선 곳에서 알몸을 드러내고 누워 있었다. 모든 공상이 실체를 얻어 엄습하는 그곳에서 손가락 관절이 단단한 고이치의 손이 수없이 강하게 노부에의 몸을 잡고 손가락을 세워 피부 표면에 여러 개의 검붉은 멍을 만들었다.

배 속 깊은 곳에서 쉴 새 없이 솟아오르는 따뜻한 샘에 빠져버릴 것만 같았던 그날 밤, 17년 동안 변화가 없었던 몸에 아이가 찾아왔다.

우산에 떨어지는 빗소리를 멀리 들으면서 멍하니 고이치를 바라보고 있었다.

자신은 도대체 뭘 위해 고양이를 버렸을까. 고양이를 죽이면 구원을 얻을 수 있으리라고 그때는 생각했던 걸까. 무슨 일을 해도, 어디로 도망쳐도 아이의 그림자는 쫓아온다는 것을 이미 알고 있었으면서.

가끔씩 노부에가 서 있는 장소에서 고이치가 보이지 않았다. 잎이란 모든 잎에서 그저 비가 떨어졌다. 얼마 후 다시 우거진 나뭇가지 안쪽 어둠에서 어깨가 떡 벌어진 남자가 나타나 발끝으로 땅을 훑고 손으로 나뭇가지를 젖혔다. 마치 기묘한 춤 같은 동작을 되풀이하면서 원래 장소로 돌아온다.

고양이를 찾지 못했나 보다고 노부에는 생각했다. 이런 예감은 왠지 늘 맞는다. 숨이 끊어진 고양이가 썩은 나뭇잎 아래에 동그랗게 몸을 누인 모습이 그려졌다. 물을 머금은 털 뭉치. 우산 아래에서 어느새 노부에도 완전히 젖어 있었다.

밖의 길은 아직 밝았지만 나무가 늘어선 안쪽은 벌써부터 밤의 기운이 감돌기 시작했다. 노부에는 자신이 이 숲이라는 어두운 수구(水球) 바깥에 착 달라붙어 있는 것 같았다. 물방울이 흘러내리는 나뭇가지에 열심히 붙어 있던 새끼 고양이처럼 이렇게 노부에도 숲을 안고, 결국에는 이 숲을 텅 빈 배 속에 넣으려고 하고 있다.

고이치는 포기한 듯 노부에가 저기라고 가리킨 처음 장소에 우두커니 서 있다. 그런데 아직 포기하지 않았는지, 천천히 몸을 한 바퀴 회전하면서 주위를 둘러보며 손바닥으로 젖은 얼굴을 닦는다. 쭈그리고 앉아 또 얼굴을 닦는다. 그리고 갑자기 두 손을 땅에 대고 네 발로 기기 시작하더니 고양이 소리를 냈다.

"야옹!"

늘어진 나뭇가지 아래를 가능한 한 멀리 보려고 허리보다 낮게 머리를 숙이고 있다. 소리를 들은 새끼 고양이가 금방이라도 어디선가 튀어나오지 않을까 하는 허망한 기대를 안고 한없이 운다.

"야옹, 야옹, 야옹."

덩치 큰 남자의 목에서 그런 가느다란 소리가 흘러나오는 우스운 상황에, 노부에는 자기도 모르게 미소를 짓고 말았다. 미소를 지으면서 문득 끓어오르는 막막함에 사로잡혔다.

갑자기 지금 자신은 자신이 안고 있는 공허한 내부에 있다는 설명할 수 없는 감각이 엄습했다. 공허가 기이한 부드러움으로 노부에를 안고 있다.

사라진 고양이와 물에 젖은 남자 주위에서 흔들리는 숲, 흔들리는 비, 흔들리는 어둠, 그 전부를 안은 허무함의 바닥에서, 뭐랄까 노부에는 맞설 수 없는, 산 것일 수도 죽은 것일 수도 있는 생명이 조용히 가득 차 있음을 느꼈다.

헐떡이듯 숨을 가득 들이마시고 고이치를 보고 외쳤다.

"야~아~옹!"

자신의 목소리에 놀라 몸을 움츠린다. 움직임을 멈춘 고이치가 네 발을 땅에 댄 채 그대로 놀란 듯 이쪽을 봤다. 아무것도 생각할 수 없었다. 그런데도 눈앞의 고이치와 새끼 고양이, 조금 전의 여자 아이, 돌아가서 만들 고기감자조림, 임신하는 바람에 그만둔 파트타임 일, 죽은 동생과 부모님, 카페테리아에 있던 어머니와 아이, "그래?" 하고 눈을 내리까는 남편의 표정까지 수많은 것을 일일이 생각하고 있었다.

고이치는 여전히 움직이지 않았다.

얼마 후 일어나 다시 얼굴을 닦고 당황스러움을 숨기지 못한 반쯤 웃는 표정을 지으며 노부에를 바라봤다. 나무에서도 고이치에게서도 끊임없이 물방울이 떨어졌다.

"야옹."

선 채로 또 고이치가 울었다. 하지만 그것은 더 이상 고양이를 부르는 것만은 아니었다. 그대로 그 춤 같은 동작으로 천천히 노부에에게 다가오면서 또 운다.

"야옹."

재촉을 받는 것 같아 노부에도 울었다.

"야옹."

숲 바깥까지 와서 선 고이치는 물속에서 기어 나온 사람 같았다. 두 사람은 완전히 젖은 얼굴을 서로 바라보고 다시 한 번 야옹야옹하고 같이 울었다.

"계속 서 있으니까 춥죠? 괜찮아요?"

"예."

"새끼 고양이를 못 찾아서…… 유감이네요."

"죄송해요, 그렇게 열심히 찾아주셨는데."

7

여섯 시쯤에 집에 도착했다. 고이치의 낡은 사륜구동차가 울타리 옆에 세워져 있는 것이 보였는데 마당 끝 주차장에서 도지의 마치(닛산의 소형 자동차 – 옮긴이)가 사라지고 없었다.

고이치가 옷을 갈아입어야 할 것 같아서 오는 길 내내 남편 옷 중에서 어떤 것을 골라야 할지 생각했는데, 고이치는 수건만 빌렸으면 한다고 말했다.

"일단 돌아갈게요. 목욕이라도 하고 나서 상황을 봐서 다시 올게요."

목욕 수건을 두 장 건네자 한 장으로 등을, 한 장으로 시트를 덮고 고이치는 차에 올라탔다. 그동안 노부에는 그에게 우산을 씌워주었다.

자신도 재빨리 샤워를 하고 옷을 갈아입었다. 상쾌한 기분이 들었다.

하지만 부엌 의자에 앉아 고기감자조림을 만들어야 하나 생각하고 있는 동안 아무래도 돌아오지 않는 남편이 점점 걱정되었다. 여자 아이도 걱정이었다.

노부에가 휘갈겨 쓴 메모는 원래 자리에 놓여 있었기 때문에 차를 꺼내기 위해 일단 돌아온 남편이 부엌에 들어와 이것을 읽었는지 아닌지는 알 수 없었다.

그 아이의 집이 멀어서 바래다주는 걸까. 아이의 집에서 차라도 얻어 마시고 있는 걸까. 그러면 좋겠는데 혹시 그 아이가 다치기라도 한 걸까. 아니, 전화도 없는 것을 보면 도지 본인이 사고를 당한 게 아닐까.

그런 생각을 이리저리하고 있는데 낯익은 엔진 소리가 들렸다. 노부에는 잰걸음으로 현관 앞까지 나가 문을 열고 서서 남편을 기다렸다.

"아이고, 미안해. 이렇게 늦을 줄 몰랐네."

"도대체 무슨 일이야? 전화라도 한 통 해주면 좋잖아."

현관에 깐 포석(鋪石) 위에 선 남편에게 한마디 한다. 그다지

젖지 않았지만 따지면서 손을 뻗어 셔츠 어깨의 물방울을 털어
낸다.

"그 애, 찾았어?"

"아니, 여기저기 찾아봤는데 어디에도 없네."

도지는 배를 누르고 있던 손을 움직였다.

"그 대신, 봐, 이게……."

셔츠 안에서 꺼낸 것은 푹신푹신 털이 마른 새끼 고양이였
다. 도지의 손 위에서 잠든 듯 축 늘어져 있다. 손수건 붕대가
없어져서 갈색 털 사이로 커다란 상처가 보였다.

"집을 나서자마자 저택 터 숲으로 가봤더니 마침 이 녀석이
물에 빠진 생쥐가 되어 기어 나오던 참이더라. 화려한 손수건이
금방 눈에 띄더라."

도지가 내미는 바람에 노부에는 자동으로 받아 들었다.

"키우면 어때?"

말이 나오지 않았다. 남편을 보고, 고양이를 보고, 또다시 남
편을 봤다.

"이 녀석, 틀림없이 살아날 거야."

"그게, 이 새끼 고양이, 어떻게……."

"괜찮잖아. 어쨌든 우리 부부는 죽을 때까지 수없이 죽은 아
이를 생각할 거야. 새끼 고양이가 갓난아이로 보이는 것도 어쩔

수 없지. 제대로 살면서 많은 것을 볼 때마다 수없이 아이를 생각하지 뭐."

도지와 노부에가 죽은 갓난아이에 대해 얘기한 것은 이때가 처음이었다.

찾지 못한 여자 아이에 대해 일단 경찰에 신고하는 편이 좋지 않을까 하고 노부에는 생각했지만, 도지는 지나친 생각이라며 웃었다. 혼자 집에 못 갈 나이는 아니란다.

그야 그렇지만.

노부에는 이상한 공상이 떠올라 당황스러웠다. 새하얀 배에 손발이 달린 통통한 그 아이가 고양이 대신에 숲 속 그늘에서 남몰래 눈을 감고 있는 것이다.

"뭐, 비가 오는데 걸어갔으니 감기 정도는 걸렸을지도 모르지. 괜찮아. 지금쯤은 아마 엄마가 만들어준 따뜻한 음식을 먹고 있을 거야."

평소와 마찬가지로 조용한 저녁이었다. 고기감자조림은 그만두고 두부튀김에 강낭콩, 가자미구이 반찬에 잘 절인 가지를 곁들였다.

고이치에게는 도지가 전화를 걸어 사정을 설명했다.

저택 터 숲에서 찾은 고양이를 수건으로 싸서 안은 채 도지는 여자 아이를 찾아 헤맸다고 한다. 그러다가 고양이가 너무 심하게 몸을 떨고 불러도 반응이 둔했기 때문에 아무래도 안 되겠다 싶어서 그대로 동물병원으로 데려갔다.

일요일이라 병원은 쉬었고 수의사는 낚시를 하러 나가 부재 중이었다. 다행히 수의사의 아내가 안타깝게 여겨 새끼 고양이를 맡아 돌봐주겠다고 했다. 하지만 도지는 고양이가 더는 못 사는 게 아닐까 생각했다.

그 후 버스 정류장 쪽을 찾아보고 일단 집으로 돌아와 차를 타고 더 넓게 찾아다녔지만 아이는 어디에도 없었다. 돌아오는 길에 동물병원에 들렀더니 털이 마른 고양이가 조금 전과는 다른 모습으로 생생하게 작은 그릇에 담긴 죽 같은 것을 먹고 있었다.

"어깨 상처는 벌써 말라서 꿰맬 필요 없대. 고양이는 상처가 잘 아물어서 원래 웬만한 상처는 꿰매지 않는다고 하더군."

"그럼 차만 가지고 가고 집에도 안 들어왔어? 식탁에 놔둔 메모는 못 봤겠네."

"고양이를 발견한 걸 당신한테 얘기해야 하나 몰라서. 수의사에게 맡겼다가 그대로 죽으면 얘기 안 하려고 했어."

피곤에 지친 새끼 고양이는 가자미 조각을 먹을 때만 몸을 일으키고 그 뒤로는 식탁 밑에서 조용히 자고 있다.

"고이치가 다음 주쯤에 고양이를 보러 오겠대. 마나미 씨도 보고 싶어 해서 같이 온다고 하네."

"그럼 마침 잘됐네. 뭔가 제대로 된 걸 만들어야겠다. 이번에 야말로 다른 사람도 불러서 느긋하게 한잔하면 어때?"

8

도지는 목수인지라 이튿날 날이 밝자마자 부엌 뒷문을 도려내고 고양이용 출입구를 만들었다. 처음에는 자력으로 드나들지 못하던 고양이도 일주일이 지나자 윗부분에 경첩을 단 작은 출입구를 자유롭게 밀어서 열었다. 또 그 자체가 재미있는지 수시로 들고 나기를 반복했다.

어깨의 상처는 이틀째부터 조금씩 나아졌다. 전체적으로 상처가 얕아지고 살이 붙는 것이 아니라 3센티미터 정도였던 상처가 다음 날에는 2센티미터로, 또 그 다음 날에는 1센티미터로 줄었고, 며칠 뒤에는 흔적조차 없이 사라졌다. 노부에는 옛날에 봤던 흡혈귀 영화를 떠올렸다. 총에 맞아도, 칼에 찔려도, 흡혈귀의 상처는 곧 사라져버렸다.

눈과 입 언저리의 검은 반점 탓인지는 모르겠지만, 새끼 고양이의 표정은 흡혈귀라고까지는 할 수 없어도 이따금 괴물 고양이처럼 보였다. 꼬리도 끝이 떨어져나갔는지, 아니면 처음부터 그랬는지, 일반적인 고양이에 비해 3분의 2 길이밖에 되지 않았고, 그것을 대신이라도 하듯 부스스한 꼬리는 두꺼웠다.

그래도 김샐 정도로 키우기 쉬운 고양이였다. 우선 웬만해선 울지 않았고, 울어도 작은 새 소리 정도로 깽깽거릴 뿐이었다. 뭐든 신나게 먹었고, 볼일도 어디선가 처리하고 왔다. 밖에서는 곤충이나 풀을 상대로 놀았지만, 집에서는 그늘에서 뒹굴며 사람이 얼러도 달라붙지 않았다. 하지만 그 눈은 언제나 인간을, 특히 노부에를 보고 있었다. 안아 올리면 노부에의 손바닥 속에 꼭 박혀 언제까지나 움직이지 않았다.

자신이 원래 버려질 몸이었다는 것, 그럼에도 간신히 집에 있게 되었다는 것을 고양이가 알고 있는 것 같아서, 노부에는 어쩐지 고양이가 물건을 부수고 기둥에 발톱 자국을 내는 등 행패를 부렸으면 좋겠다는 마음이 들었다.

보름쯤 지난 날, 그 여자 아이가 느닷없이 모습을 나타냈다. 울타리 틈으로 들여다보고 있는 것을 노부에가 발견했다. 전과

달리 노부에가 알아차리길 기다리는 듯한 모습이었다.

"안녕!"

툇마루에서 마당으로 나와 말을 걸었다. 듣지 못한 게 아닐까 싶을 정도로 여자 아이의 표정에는 변화가 없었다.

맑고 무더운 날의 정오 무렵, 학교는 어쩌고 왔나 하고 노부에는 생각했지만 그러고 보니 벌써 여름방학이 시작되었다.

살짝 심술이 나서 노부에는 입을 다물고 있기로 했다. 쭈그리고 앉아 울타리 틈 사이로 이리저리 삐져나온 잡초를 뽑기 시작했다. 잡초를 뽑고 있자니 자연스럽게 여자 아이가 선 자리에서 멀어져 간다. 아이와의 거리가 멀어져야 하는 것이 분명한데도 울타리를 따라 아무리 이동해도 여자 아이는 계속 눈앞에 있었다. 애기동백 가지 사이로 한 번 깜빡이지도 않는 두 눈이 보였다.

노부에는 고개를 숙인 채 웃음을 참았다.

일어서서 뽑은 잡초를 긁어모으려고 이리저리 왔다 갔다 하니 아이는 조금 당황한 기색이다.

"여기 아저씨가 고기감자조림 먹으러 오라고 했단 말이에요."

느릿한 목소리로 느닷없이 말을 꺼낸다.

"고기감자조림? 어머, 고양이를 보러 온 거 아니었니?"

"고양이, 그날도 다음 날도 수없이 찾았지만 없었어요. 고양이는 아마……."

한참을 기다렸지만 '아마' 하고는 뒷말을 잇지 못했다.

"저기 있잖아, 그 뒤로 고양이가 바로 돌아왔어."

"예?"

"지금 집 안에 있는데."

문을 열어주면서 이름을 물어보니 아리야마 아야메라고 선선히 알려주었다.

고양이는 식탁 밑에서 오른쪽으로 굴렀다가 왼쪽으로 구르며 놀고 있었는데 "아가" 하고 부르자 노부에의 무릎 위로 달려서 올라왔다.

아야메는 바닥에 엉덩이를 대고 앉아 고양이에게 한 손을 내밀었다. 갑자기 안으려고 하지 않는 점이 아이답지 않다. 변함없이 표정은 없었지만, 노부에는 이때 아이의 꼼짝하지 않는 눈썹과 입 근처에, 뭐랄까 격렬한 감정이 소용돌이치고 있는 것을 순식간에 느꼈다.

"많이 컸지?"

"조금요."

어떤 종류의 해독 방법을 익히면 이 아이의 생각을 읽을 수 있을지도 모른다.

"귀여워졌지?"

"전부터 좀비 같은 얼굴이었어요."

"이 고양이, 아야메의 집에서 태어났니?"

입을 다물고 고개만 흔든다. 어정쩡하게 길러 늘어진 머리가 땀 때문에 아이의 뺨과 목덜미에 달라붙어 있다. 한바탕 빗은 다음에 고무줄로 묶으면 속이 후련할 것 같다고 노부에는 생각했다.

"그럼, 어디에 있었어?"

"엄마가 데리고 왔어요. 빈터에 있는 토목관 안에서 어미 고양이가 새끼를 잔뜩 낳았기에 한 마리 주워 왔대요."

"어, 근데 엄마가 버리고 오라고 했다며? 전에 그렇게 말했잖아."

"아무래도 필요 없으니까 버리래요."

태연스럽게 얘기해버리는 태도에 다른 사람에게서 위로받는 것을 거부하는 기색이 완연하다.

호기심에 사로잡힌 새끼 고양이가 노부에의 손에서 벗어나 아야메의 손끝을 킁킁대기 시작했다.

"아줌마가 고기감자조림을 만드는 동안 내가 고양이를 볼게요."

"……"

아야메가 안아 올려도 고양이는 전혀 저항하지 않았다. 쓰다듬으려는 손가락에 발톱을 반쯤 내놓은 앞발로 자꾸 매달리려고 한다.

한참 그 모습을 바라보고 난 다음에 노부에는 한숨을 쉬고 일어났다.

"그런데 여기서 점심 먹는 거, 엄마한테 얘기한 거지?"

"흠."

아무래도 고기감자조림을 먹을 심산인가 보다.

9

전혀 계획에 없었지만 어쩔 수 없이 레인지로 고기를 해동해 고기감자조림을 만들었다. 결국 계란말이도 만들어 밥과 함께 내놓자 아야메는 곧바로 젓가락을 들고 먹기 시작했다. 꼬마처럼 젓가락을 쥐고 있다.

"잘 먹겠다는 말은 안 하니?"

완전히 무시하고 계속 먹기에 다시 한번 목소리에 힘을 주고 말했다.

"아야메, 잘 먹겠다고 해야지."

"필요 없어요. 아줌마네 아이가 아니니까."

도통 앞뒤가 맞지 않는다. 노부에는 어처구니가 없어져 자신도 젓가락을 들었다.

잠자코 먹고 있자니 아무래도 답답해서 결국 맛있느냐고 물었다.

"맛있지만 엄마가 만든 거랑 달라요. 엄마가 만든 건 엄청 맛있어요."

"아, 그래. 그럼 엄마한테 만들어달라고 하면 되겠다."

"흠."

다시 무표정 아래에서 뭔가 흔들렸다.

"자, 그럼 다음에는 어머니에게도 만들어달라고 해라."

"흠, 엄마한테 부탁해볼게요. 엄마는 요리를 무척 좋아해서 늘 꽃무늬 앞치마를 입고 이런저런 것을 만들어주니까. 햄버거, 스키야키, 과자까지."

"그렇구나."

"아줌마 앞치마도 예쁘지만 엄마 게 더 예뻐요. 빨강과 핑크까지 무늬가 다른 게 열 장이나 있어요."

"그래."

점심을 먹은 다음 아야메는 아무것도 하지 않고 고양이를 무릎에 안고 거실 다다미에 가만히 앉아 있었다. 그대로 꾸벅꾸벅 조는 게 아닐까 싶을 정도로 조용했다.

딱 한 번, 작은 목소리로 "아가야" 하고 고양이에 말을 거는 소리가 들렸다. 안으면 곧바로 잠드는 버릇이 있는 고양이는 완전히 곯아떨어졌다.

처음 만났을 때 어쩐지 도마뱀 같은 아이라고 느꼈는데, 이렇게 보니 아야메와 아야메의 무릎에 있는 새끼 고양이는 묘하게 닮은 구석이 있었다.

한 시간쯤 부엌에서 일을 마친 다음 노부에는 다시 아야메의 옆에 앉았다. 새끼 고양이가 살짝 목울대를 울리는 소리가 들렸다.

"아, 골골거리네."

"큰 소리 내지 마요. 깨요."

둘이서 목울대를 울리는 소리를 들으며 고양이를 보고 있는데, 아무리 봐도 질리지 않는다. 평소에는 의식하지도 못했는데, 1초 1초, 1분 1분, 천천히 흘러가는 시간을 느낀다.

"아줌마, 얘, 돌려드릴게요."

아야메는 고양이가 깨지 않도록 조심스럽게 노부에에게 넘겼다.

"오늘은 이만 돌아가지만, 또 애를 보러 올게요."

노부에의 손으로 옮겨 오자 고양이는 한층 크게 목울대를 울리기 시작했고 반쯤 잠든 채로 노부에의 집게손가락을 깨물었다.

"아야!"

새끼 고양이가 응석을 부리며 깨문다는 것은 알고 있었지만 이 고양이에게 물린 것은 처음이었다. 노부에는 고양이의 조그만 이빨에 그대로 손가락을 물리고 있었다.

"그리고 아줌마, 얘 몽이라는 이름이 있어요."

"몽? 하지만 아줌마도 아저씨도 꼬마라고 부르는데."

"그래요? 원래는 몽이에요."

"하지만 얘도 벌써 자신을 꼬마라고 생각할 텐데."

"그렇지 않아요."

고양이는 손가락을 깨문 채 잠이 들었다.

"왜 몽이야?"

"이유는 없어요. 몽은 몽이죠."

노부에는 어쩔 도리가 없었다. 그건 그렇다고 해도 아이가 고집을 부리는 것치고 몽이라니 도무지 이해되지 않는 이름이다.

"아줌마, 몽을 귀여워해줄 거죠?"

"소중하게 키울게."

"꼭?"

"응, 꼭. 그게……."

"그게? 왜요?"

"그게, 저기, 이 집에 아줌마랑 아저씨 둘밖에 없잖아. 그러니까 몽이 아이 대신이야. ……아무한테도 얘기하지 마."

"흠."

당황한 것 같은 슬픈 기색이 처음으로 아이의 눈에 떠올랐다.

제2부

절망이라는
블랙홀

끝없이 펼쳐진 새하얀 병원에 균열이 생기고

어둠보다도 어두운 끝없는 심연이

입을 벌리고 있는 것이 보였다.

유키오만이 아니라 이 우주의 삼라만상 모든 게,

살아 있는 모든 게,

그 깊이에 빠져들 운명인 것이다.

평등하고 가차 없이 블랙홀이라는

신의 무한한 어둠에 빨려 든다.

맞다, 그거다.

그것이 죽음이라는 것이다.

1

밤에 회사에서 퇴근해 돌아온 아버지에게 용돈을 달라고 졸랐다.

"돈 좀 줘요."

넥타이를 풀면서 피곤한 얼굴로 방에 들어온 아버지는 평소대로 유키오의 말을 무시했다. 유키오 쪽을 보려고도 하지 않고 한 손에 든 편의점 봉투를 테이블에 놓는다.

"매일 800엔이면 점심 사 먹으면 끝이야. 그러면 용돈은 없는 거나 마찬가지잖아."

아버지는 이 말도 무시했다. 싱크대 쪽으로 가서 수도꼭지에 입을 대고 얼굴을 적시며 물을 마셨다. 아버지라고 해도 유키오와는 열아홉 살밖에 차이가 안 나는 서른두 살이라 그다지 아버지 같지 않아도 어쩔 수 없다.

"그리고 펭귄은? 펭귄은 어떻게 되고 있는데?"

소리를 높인다. 뭐든 좋으니까 어쨌든 아버지의 반응을 얻고 싶었다.

"준다고 했잖아? 언제 주는데? 거짓말한 거지?"

문을 소리 내어 닫는다. 일단 자기 방에 들어간 아버지는, 1분 후에는 벌거벗은 채 나와 그대로 욕실로 사라졌다.

마지막으로 아버지의 목소리를 들은 게 언제였나 생각나지 않을 정도다. 유키오가 갑자기 펭귄 이야기를 꺼냈을 때는 웬일로 반응을 보였다. 하지만 그것도 틀림없이 일주일도 더 전의 일이다.

"펭귄 달라고!"

그때도 돈을 달라고 했다가 무시를 당한 유키오는 열 받아서 뜬금없는 이야기를 아버지에게 던져보고 싶었다.

"뭐라고?"

그런데 아버지가 드물게 유키오의 얼굴을 봤다. 다음 순간 부끄러운 일을 들키기라도 한 듯 황급히 시선을 피했지만.

유키오가 오히려 놀랐다. 어떻게 수습해야 할지 몰랐다.

"펭귄 말이야. 펭귄. 애완동물로 유행이래. 애완동물 가게에서 새끼를 판대. 커다란 수조를 사서 밤에만 그곳에서 자게 하면 이런 좁은 아파트에서도 살 수 있대. 수조는 친구들이 중고품을 준다고 했대고. 그리고 펭귄용 사료도 있대."

전부 새빨간 거짓말이었다.

"흐음" 하는 아버지.

"그럼 사 줄 거지? 황제펭귄이 좋지만, 다른 것도 좋아. 약속했어."

아버지는 아마도 거부할 타이밍을 놓쳤을 것이다. 그저 모호하게 고개를 갸웃거리고 눈썹을 찡그렸다. 그 후 유키오는 돈 요구가 무시되면 늘 펭귄을 요구하게 되었다.

아버지가 샤워하는 소리를 들으면서 눈앞의 편의점 봉투를 뒤졌다.

오늘은 히로시마식 모던야키(오코노미야키에 면을 얹어 구운 것 – 옮긴이), 꼬치구이, 주먹밥 두 개, 오렌지 주스, 그리고 내일 아침에 먹을 빵과 요구르트가 들어 있다. 군침이 돌았지만 그렇게 군침이 돈다는 것이 갑자기 참을 수 없을 정도로 역겹다는 생각이 들어 모던야키를 힘껏 벽에 던질까, 울컥 울음을 터뜨릴까, 문을 열고 달려 나가 어딘가로 가버릴까, 금방이라도 무슨 짓을 해버릴 것 같아 몸이 덜덜 떨렸다.

하여간 유키오는 요즘 이상했다. 언제부터 이상해지기 시작했는지는 분명히 모르겠고 뭐가 이상하다는 건지도 말로 표현하기 어렵다. 아마도 훨씬 전부터 이상하긴 했겠지만 비약적이고 결정적으로 이상해진 것은 2주일 전 일요일에 〈황제펭귄의 일생〉이라는 다큐멘터리 비디오를 보고 나서부터이다. 그것만은 분명하다. 그래서 아버지에게 집요하게 펭귄을 사달라고 조른 것도, 느닷없어 보이긴 해도 나름대로 이유가 있었던 것이다.

동물 같은 거 좋아하지도 않으면서 어째서 굳이 펭귄 다큐멘터리를 봤는지 자신도 후회하고 있다. 〈황제펭귄의 일생〉은 한마디로 얘기하면, 펭귄 아빠와 엄마가 목숨을 걸고 알을 지키며 새끼를 키우는 이야기다. 아빠 펭귄도 엄마 펭귄도 배에 알을 품고 있는 동안에는 수십 일씩 먹지도 않고 새하얀 얼음과 폭풍우 속에서 무리를 지어 가만히 서 있다. 아빠가 알을 품고 있는 동안에는 엄마가, 엄마가 알을 품고 있는 동안에는 아빠가, 편도 한 달이 걸리는 곳까지 생선을 먹으러 간다.

어쩌면 저렇게 비능률적인 녀석들이 있을까 싶어서 유키오는 기가 막혔다. 만약 먹이를 찾아간 쪽이 돌아오지 않으면 알을 품고 있는 쪽도 알도 죽는다. 게다가 끝없는 빙판을 횡단하는 펭귄의 걸음걸이로 보건대 도무지 믿기지 않을 정도로 문제가 많았다. 아마도 지구 상에서 걸어 다니는 동물 중에서 최악, 사람의 한 살짜리 아이 같은 불안정한 걸음이었다.

유키오가 구역질을 할 것 같았던 것은 알을 깨고 나온, 녀석들의 새끼를 봤을 때였다. 부모와는 전혀 닮지 않았다. 잿빛의 털 덩어리. 펠트펜으로 그린 점과 같은 눈. 움직이지 않는다면 틀림없이 싸구려 봉제 인형으로 보일 것이다. 게임방의 크레인 게임 통 안에 들어 있는, 여자 아이들이 "어머! 귀엽다!" 하며 야단을 부릴 녀석이다. 그런 녀석이 어쩐지 한껏 우쭐대는 얼굴에, 악의 없고 천진난만하면서도 건방지고 제멋대로, 하고 싶은 대로, 신나서 얼음 위를 촐랑촐랑, 뒤뚱뒤뚱, 뒹굴뒹굴……

끓어오르는 구역질이 그대로 살의가 되었다. 죽이고 싶다. 왠지는 모르겠지만 단순히 죽이는 것이 아니라 여덟 조각을 내서 내장을 꺼내 잘게 으깨질 때까지 밟아버리고 싶다.

그 충동은 너무나 강렬하고 느닷없었기 때문에 유키오 자신이 놀라고 말았다. 뭐라고 분명하게 얘기할 수는 없지만, 어쨌든 새끼 펭귄이 발산하는 무엇이 유키오의 몸속에서 훨씬 전부터 모락모락 연기를 내고 있던 흉악한 욕망을 눈뜨게 만든 것 같았다.

비디오를 꺼낸 후에도 신경질이 날 정도로 새끼 펭귄의 모습이 머리에 박혀 떨어지지 않았다. 이따금 시커먼 분노에 시야가 좁아지는 것 같은 감각에 빠졌지만, 텔레비전의 바보 같은 프로그램을 보면서 아버지가 사 온 저녁을 먹을 때에는 기분이 조금 가라앉았다. 그대로 목욕도 하지 않고 옷을 입은 채 쓰러져 잠들어버렸다.

이튿날 아침 눈을 떴을 때 유키오는 밤 동안 내내 폭풍우가 부는 한없는 빙원을 헤매는 꿈을 꾼 것 같았다. 얼굴을 씻고 평소대로 텔레비전을 보면서 혼자 빵과 요구르트 아침을 먹었지만, 머릿속 어딘가는 아직 잠들어 있어서 여전히 폭풍우와 빙원의 꿈을 계속 꾸는 것 같은 이상한 감각에 사로잡혀 있었다.

그날부터 오늘까지, 유키오는 한 번도 학교에 가지 않았다.

특별히 학교에서 친구들에게 괴롭힘을 당하는 것도 아니다. 유키오에게는 괴롭혀야겠다는 마음이 들 만한 특징도 없고, 애당초 친구라고 부를 만한 존재도 없다. 유키오가 1교시부터 6교시까지 말 한마디 안 해도 아무도 알지 못한다. 공기처럼 무해한 녀석으로 받아들여져 잊혀간다. 그런 것을 무시라고 하는지 모르겠지만, 나름대로 유키오는 무시당하는 것이 좋았다. 그래서 학교에 가는 것이 싫다기보다 가도 안 가도 마찬가지니까 안 간다는 느낌이었다.

그때까지도 이따금 무단으로 결석을 했고, 그때마다 담임은 아버지에게 연락을 했다. 부자(父子) 가정인 점을 알고 있는 담임은 밤늦게 아버지가 오기를 기다렸다가 전화를 걸었고, 아버지는 자기 방에서 받았다. 무슨 얘기를 어떻게 했는지는 모르지만, 빈둥거리고 논 것에 대해 아버지에게서 뭔가 얘기를 들은 적은 한 번도 없다. 무단결석이 아니고도 다른 무엇으로도 얘기를 들은 적이 거의 없다. 무엇을 해도 안 해도, 아버지도 반 친구들도 똑같이 유키오를 그대로 받아들이고 잊는다.

어머니가 도망가고 5년이 지났는데, 지금도 아버지의 머릿속은 소설가가 되겠다는 꿈으로 가득하다. 그렇지 않다면 매일 밤 저렇게 방에 틀어박혀 컴퓨터를 두들기고 있을 이유가 없다. 직장이 멀어서 아침에는 일곱 시 전에 아파트를 나가야만 하기 때문에 제대로 수면을 취하지 못한 아버지의 몸에서는 늘 시큼한 피로의 냄새가 났다.

샤워 소리가 그쳤을 때에는 히로시마식 모던야키가 반, 꼬치구이 하나가 남았는데, 유키오는 그것들을 서둘러 위에 쓸어 넣고 아버지가 욕실에서 나오기 전에 재빨리 자기 방으로 들어갔다.

2

　　등교 거부 상태가 되고 나서 며칠은 아파트에 틀어박혀서 너무 자다가 죽어버리는 게 아닐까 생각될 정도로 잠만 잤다. 그러다 결국 밖을 걸어 다니게 되었고, 밤에는 늘 아버지에게 돈을 달라, 펭귄을 사달라 조르는 것이 습관이 되었다.

　저녁, 길가와 편의점 자판기 근처에서 무리를 지은 동급생들은 유키오가 지나가는 것을 전혀 보지 못한 체했다. 유키오도 눈썹 하나 까딱하지 않고 옆을 지나쳤지만, 주머니 속에 늘 가지고 다니는 서바이벌 나이프의 칼자루를 이유도 없이 꽉 움켜쥐고 있었다.

이따금 영문도 모르는 채 초초해 견딜 수가 없었다. 말로는 잘 표현하기 힘들지만 무엇을 찾고 있는 것 같은, 무엇에 쫓기고 있는 것 같은……. 어느 쪽이든 그 무엇이 뭔지는 전혀 모른다. 뜨뜻한 가을바람이 부는 낯익은 거리를 배회하면서 한없이 하얗게 얼어붙어 있는 빙원의 한가운데를 방황하는 듯한 느낌이 들었다.

아파트에서 걸어서 10분쯤 걸리는 곳에 '사계의 바람 공원'이라는 여유로운 녹지 공원이 있어서, 유키오는 자주 그곳에서 시간을 보냈다. 등교 거부도 3주째에 들어선 하늘이 맑은 날의 오후, 벤치에 앉아 만화 주간지를 읽고 있는데 옆에 있던 정원수에 쭈그리고 있던 어린아이가 갑자기 꽈당 하고 엉덩방아를 찧더니 목이 터져라 울음을 터뜨렸다.

"아앙!"

유키오는 잡지를 놓고 자기도 모르게 귀를 막았다.

"마 군, 마 군! 왜 그러니?"

눈이 크고 뚱뚱한 어머니가 어디선가 뛰어나와 옆에 앉았다. 그 아이는 어머니의 가슴에 매달려 울부짖으면서 조그만 모종삽을 가까운 땅에 꽂았다.

"왜 그러니? 어머나, 그냥 메뚜기잖아. 게다가 죽었네. 여기봐. 개미들이 모여 있지. 괜찮아. 무섭지 않아."

등을 쓰다듬어주는 어머니에게 매달려 있는 동안 아이의 울음소리는 점점 더 박력이 더해졌다. 끝에는 매달려 있을 구실을 만들려고 우는 흉내를 내고 있는 것뿐이라는 느낌이 들었다.

"괜찮아. 엄마가 왔잖아. 애 메뚜기야, 마 군을 놀라게 해선 안 된다! 알겠니?"

어머니는 곤충의 사체에 대고 주먹을 휘두르며 "에잇, 에잇" 하고 몇 번이나 때리는 흉내를 냈다. 그러자 남자 아이도 갑자기 울음을 그치고 어머니를 붙든 채 모종삽을 들어 올려 "얏, 얏" 소리를 내며 곤충에게 공격을 가하는 동작을 되풀이했다. 어머니는 메뚜기라고 했지만 그것은 사마귀로, 갈색 낙엽처럼 변해버린 날개를 완전히 접지도 못한 채 죽어 있었다.

"자, 이제 혼내줬으니까 됐지? 저쪽으로 가서 유키하고 놀자."

유키오의 배 속에서 갑자기 시커먼 것이 솟아오른 것은 그때였다. 새끼 펭귄에게서 느낀 것과 똑같은, 광기와 비슷한 살의다. 역겨운 새끼, 열 받게 만드는 꼬마 새끼, 냄새나는 쓰레기, 너 같은 건 살아선 안 돼. 지금 당장 죽어버려. 너야말로 개미들에게 먹혀 썩어가야 해.

모든 증오를 담아 엄마의 손을 잡고 가는 어린아이의 등을 노려봤다. 구역질이 나올 것 같은데 작은 모습에서 아무래도 눈을 뗄 수 없다.

정글짐 쪽에 서서 얘기를 나누는 어머니들의 옆에서 두 여자 아이와 한동안 놀던 그 꼬마는 곧 다시 이쪽으로 와서 죽은 곤충을 향해 모종삽을 휘둘렀다.

"얏, 얏!"

생글거리는 미소가 번진 만화 같은 얼굴 이면에 우월감과 자기만족과 짓궂음과 가학적인 쾌감이 훤히 보인다. 누가 아이는 순진하다고 했는지 유키오는 궁금했다.

"얏, 얏!"

스스로 자신의 "얏, 얏" 하는 소리가 엄청나게 마음에 든 듯 꼬마는 같은 동작을 고집스럽게 되풀이했다. 왜 그런지는 모르겠지만 유키오의 성기가 발기했다. 슬며시 살펴보니까 어머니는 이야기에 빠져 이쪽에 등을 돌리고 있다. 지금 당장 이 꼬마를 낚아채 소리를 내지 못하도록 입을 막고 정원수 그늘로 끌고 들어갈 수 있다면, 그대로 몸에 올라타 서바이벌 나이프로 찔러버리면, 그러면 얼마나 속이 시원할까.

빌어먹을 꼬마는 일단 어머니들 쪽으로 돌아갔는데 그 뒤에도 여러 번 죽은 곤충을 혼내주러 왔다. 그 비실거리는 걸음걸이, 그 잘난 체하는 얼굴, 그 "얏, 얏" 하는 소리, 모든 게 다 기분 나쁠 정도로 새끼 펭귄을 그대로 빼닮았다.

그렇게 머릿속으로 잔혹한 살육을 거듭하면서 꼬마를 좀 더 바라보고 싶었다. 그런데 유키오는 그 후 더 이상 참지 못하고 공원 화장실로 달려가 낙서투성이인 벽을 바라보면서 폭발할 것 같은 성기를 진정시켰다.

맥이 빠져 화장실을 나왔다. 그대로 아파트로 돌아갈까 망설이면서 어슬렁어슬렁 걷기 시작했을 때 문득 어떤 기척을 느끼고 고개를 들었다.

가는 길에 가지를 펼치고 있는 느티나무 밑에 커다란 고양이 한 마리가 웅크리고 있었다. 온몸에 석양을 받아 오렌지색 털이 불꽃처럼 빛나고 있다. 절로 발걸음이 멈췄다. 아리야마 아야메의 고양이다. 어쨌든 이 고양이, 이렇게 컸나.

아리야마 아야메는 유키오와 얘기를 나눠본 적이 있는 손에 꼽는 동급생 중 하나였다. 그렇다고 해도 유키오가 교실 의자에 멍하니 앉아 있을 때 통로에 내놓고 있던 발에 아리야마가 걸리자, 아리야마가 거품을 문 것 같은 큰 소리로, 유키오는 겁먹은 듯 작은 소리로, 동시에 "미안해"라고 말한 것이 전부다.

그 전에도 그 후에도, 유키오는 아리야마 아야메의 태연한 무표정이 왠지 싫었다. 그 탓인지 이 공원에서 이따금 아리야마와 함께 있는 이 고양이도 그다지 좋은 인상은 아니었다.

고양이는 지금, 마치 유키오를 기다리고 있었다고 말하듯, 물끄러미 바라본다. 금색 안구에 예리한 칼로 찢어놓은 것 같은 검은 동공. 갑자기, 조금 전 유키오가 벤치에서 생각한 것도, 화장실에서 한 일도, 모두 고양이에게 들킨 것 같은 기묘한 기분에 사로잡혔다. 정말 바보 같은 망상이라는 것을 알면서도 심장박동이 빨라졌다. 게다가 금방이라도 어디선가 아리야마 아야메가 나타나지 않을까 생각하자 패닉에 빠졌다.

몸을 돌려 우회해서 반대쪽 출구를 통해 도로로 나갈까 하고 순간 진심으로 생각했다. 하지만 그런 짓을 하면 도중에 여자 화장실에서 나오는 아리야마와 딱 마주칠지도 모른다. 무엇보다 상대는 그저 고양이에 불과하지 않나.

그대로 숨을 들이켜고 빠른 걸음으로 샛길을 걷는다. 되도록 고양이를 보지 않으려고 노력하면서 옆을 지나가는데, 고양이가 한 번도 눈을 떼지 않고 유키오를 관찰하고 있다는 것을 느꼈다.

공원 밖으로 나가서야 겨우 한 번 심호흡을 하고 손등으로 이마의 땀을 닦았다. 제일 먼저 눈에 띈 자판기 앞에서 주머니의 동전을 찾았다.

캔 콜라를 단번에 반 이상 마셨다. 엄청나게 큰 고양이었다. 시바견 정도의 크기에 후광이 비치는 염라대왕의 환생 같았다고 생각하는 한편, 저 고양이가 진짜 아리야마 아야메의 고양이일까, 정말 나무 아래 고양이가 있기는 했던 걸까, 화장실의 어둠에 익숙해진 눈이 석양빛 때문에 있지도 않은 환상을 본 것은 아닐까 하고 도무지 영문을 알 수 없는 처지가 되었다.

결국은 그대로 아파트로 돌아왔다.

4층까지 계단을 오르니 배 속의 콜라가 쿨렁쿨렁 흔들렸다. 트림이 나온다. 매일 받는 800엔은 늘 점심이 아닌 자잘한 것들에 사용되어 유키오는 오늘도 이렇다 할 것을 먹지 못했다.

냉장고에 요구르트 말고 뭐가 있나 생각하면서 일단 또 층계 하나에 다리를 올린다. 요즘 세상에 엘리베이터도 없는 공단 주택 꼭대기 층에 사는 것도, 밤까지 아직 시간이 남아돈다는 것도, 넥타이를 풀면서 방으로 들어오는 아버지가 어떤 얼굴을 하고 있을지 훤히 보이는 것도, 죄다 싫었다.

3

유키오는 이튿날부터 매일 공원에 갔다.

벤치에 앉아 만화를 읽는 척하면서 제멋대로 쪼르르 돌아다
니는 꼬마 녀석들을 바라보며 자기 안에서 끓어오르는 시커먼
침전물에 화가 났다. 그토록 화가 날 정도면 손을 대도 좋을 텐
데 몇 시간씩 그저 바라만 보고 있었다.

일단 그런 시선으로 보고 있으면, 인간 꼬마들은 모두 크건
작건 새끼 펭귄과 비슷했다. 꼬마가 새끼 펭귄과 닮은 건지, 새
끼 펭귄이 꼬마와 닮은 건지, 유키오는 점점 알 수 없게 되었
다. 비디오에 나온 새끼 펭귄을 죽여버리고 싶었던 순간부터 사
실은 이미 새끼 펭귄의 모습에 인간 꼬마가 겹치고 있었다는

식으로 생각하게 되었다.

너무나 추한 것이 지극히 평범하게 존재하면, 아마도 감각이 마비되어버리는 모양이다. 그래서 새끼 펭귄을 통해 처음으로 어린아이들의 진정한 추악함을 발견한 것이다.

얼마 지나지 않아 유키오는 또 아리야마 아야메의 고양이를 발견했다.

공원과 아파트 사이에 자재 보관 창고인지 주차장인지 모를 그저 넓기만 한 공터가 있고, 그곳에는 이삭이 잔뜩 붙은 강아지풀이 갈색으로 변해버린 채 무성하게 자라 있다. 고양이는 그 수풀 속에 있고, 마른 이삭을 요란스럽게 흔들며 얼룩무늬가 그려진 등을 출렁이면서 보이지 않는 무엇을 쫓는 것처럼 뛰어다녔다. 마치 강아지풀의 바다를 헤치고 있는 것처럼 보였다. 떨어진 곳에서 바라보는 유키오가 있는 데까지 부스럭거리는 소리가 들렸다.

이윽고 수풀 속에서 풀썩 뛰어오른 고양이는 땅에 고여 있던 흙탕물을 맛있게 마시기 시작했다. 도중에 갑자기 고개를 들고 똑바로 유키오를 봤다. 고양이가 자기를 알아보고 씩 웃는 것 같았다. 그렇다고는 해도 이 아리야마의 고양이가 정말 얼마 전에 봤던 그 고양이인지는 확실하지 않았다.

얼마나 운이 나쁜지 아리야마 아야메의 고양이를 본 다음 날, 이번에는 공원에 혼자 있는 아리야마 아야메 본인과 만나고 말았다.

밤사이에 비가 내려 땅이 촉촉이 젖어 있었기 때문인지는 모르겠으나 그날은 벤치에 앉아 기다려도 꼬마가 한 마리도 나타나지 않았다. 이따금 개를 데리고 나온 사람이나 유모차 형태의 쇼핑 카트를 밀고 지나가는 아줌마가 있을 뿐이었다. 게다가 전혀 사람이 보이지 않을 때도 있어서 하늘을 향해 열린 어린이 공원은 유키오의 머릿속처럼 텅 비어 있었다.

어쩔 수 없이 자리에서 일어나 산책길을 천천히 걷기 시작했다. 공원이 되기 전에 이 근처 일대는 저택 터 숲이라고 불리는 울창한 숲이었다. 그때와 마찬가지로 벚나무와 느티나무 거목이 인공적으로 가꾼 숲 여기저기에 남아 지금도 멋지게 가지를 펼치고 있다.

나무들 사이를 빠져나오면 기복을 이루며 넓은 잔디가 펼쳐져 있다. 아리야마는 비에 젖은 잔디밭에 그냥 앉아서 책을 읽고 있었다. 양파와 우유 팩이 든 슈퍼마켓 봉투가 옆에 놓여 있었다.

그대로 서둘러 지나치려고 하는 유키오에게 아리야마는 "왜 학교에 안 와?" 하고 물었다. 자기가 이런 대낮에 공원에 있다는 것은 개의치 않고. 유키오는 당황했다.

"아, 네 고양이는 오늘 어디 있어?"

"이 책, 무척 재미있어."

페이지 사이에 손가락을 끼우고 표지를 보여준다. 무척 친숙한 모습이다. 어쩔 수 없이 곁으로 가서 책 제목을 읽었다. 《우주의 불가사의 블랙홀》.

"그 고양이, 종종 이 근처에 나타나던데."

유키오는 고양이의 모습이 보이지 않는지 주위를 둘러보면서 말했다. 아리야마 아야메는 다시 책을 펼치고 대답도 없다. 그대로 가려는데, 페이지를 넘기면서 묻는다.

"너, 이 근처에 사니?"

"어? 뭐."

"블랙홀은 전혀 보이지 않는대. 엄청난 힘으로 별 같은 걸 죄다 빨아들인대."

"뭐? 그럼 지구도?"

"있잖아, 지금 몇 시쯤 됐어? 벌써 열두 시야?"

"글쎄."

아리야마 아야메는 펼친 페이지에 미련이 남았는지 계속 읽으면서 일어나다가 살짝 비틀거렸다.

"우와! 어쩌지. 젖었네. 차가워라."

이번에야말로 책을 덮고 손을 뒤로 돌렸지만, 말과는 달리 그다지 곤란한 기색은 없다. '옷이 젖을 때까지 앉아 있지 말지' 하고 유키오는 생각했지만 입을 다물었다.

"이거, 읽고 나서 빌려줄까?"

"어?"

"너, 엄마가 없다며?"

"그런데?"

아리야마가 패션헬스(여성이 남성 손님에게 성적인 서비스를 제공하는 일본의 성인업소 – 옮긴이)에서 일하는 어머니와 둘이 살고 있다는 소문을 떠올렸다. 패션헬스가 어떤 곳인지는 모르지만 수상스러운 느낌만은 충분히 전해진다.

"아, 눈이 따끔따끔하네. 가야겠다."

아리야마는 슈퍼마켓 봉투를 들어 올렸다.

"피햐라, 피햐라, 춤추는 퐁퐁 코린."

최근 유행하기 시작한 이상한 노래를 부르면서 걸어가는 아리야마의 핑크색 스커트 엉덩이 부분이 동그랗게 젖어 있는 것이 유독 눈에 띄었다.

유키오는 이렇게 제대로 된 대화를 누구와 나눈 것이 정말 오랜만이었기 때문에 왠지 피곤했다. 무엇보다 지금의 이야기를 대화라고 할 수 있는지에 대해서는 의문이 남았지만.

공원을 나와 편의점에 들러 과자빵 두 개를 샀다.

오늘, 유키오는 자전거를 타고 왔다. 아버지와 함께 사용하는, 오직 실용성만이 장점인 중고 자전거는 결코 아리야마 아야메에게 타는 모습을 보여주고 싶지 않은 물건이었다. 그래도 달리니까 기분이 좋았다.

페달을 밟으면서 빵을 씹었고 다 먹고 난 후에는 비닐봉지를 뒤로 던졌다. 어디로 갈지 생각했지만 갈 만한 곳이 생각나지 않는다. 이런 시간에는 게임방에 가는 것도 그렇다.

달콤한 빵 덕분에 목이 말라 일단 아파트로 돌아가 냉장고에 있는 우유를 마시기로 했다.

그 길고 긴 계단을 3층까지 올라가 일단 쉬면서 중년 아저씨처럼 씩씩거렸다.

저도 모르게 공용 통로를 들여다보는데 통로 한가운데에 꼬마 한 마리가 쭈그리고 있는 게 아닌가. 평소에도 가끔 봤던 멍청한 꼬마다. 얼마 전 "얏, 얏" 하고 소리를 지르던 꼬마와 꼭 닮은, 바보인 주제에 제멋대로 행동하는 녀석이다. 그 녀석은 붕붕 소리를 내면서 미니카를 가지고 놀고 있었다.

머리가 어질어질해질 정도로 회전했다. 꼬마가 노는 곳보다 조금 앞쪽 현관문이 스토퍼가 내려진 채 열려 있다. 문에 걸어 놓은 레이스 커튼이 바람에 흔들리고 있다. 저기가 꼬마 녀석의 집일 것이다. 슬그머니 꼬마에게 다가가 서바이벌 나이프로 힘껏 찌른다. 잘만 되면 아무도 모를 것이다. 하지만 꼬마의 어머니나 누가 소리를 듣고 상황을 보러 나온다면 5초쯤이 걸리려나. 그사이에 모습을 숨기고 계단 입구 모퉁이를 돌아 그대로 4층 우리 집까지 도망칠 수 있을까.

머리를 굴리면서 유키오의 다리는 이미 꼬마를 향해 걷기 시작했다. 경계심을 갖지 않도록 자연스러운 걸음을 유지한다. 꼬마는 이쪽을 보려고도 하지 않는다. 콘크리트 바닥에 미니카를 밀면서 만족해 있는 모습도, 인형 옷처럼 작고 노란 티셔츠를 입고 있는 것도, 죄다 마음에 들지 않는다. 주머니 속에서 칼을 꽉 움켜쥔다. 거지 같은 새끼. 돼지 똥구멍 같은 눈을 찔러버릴 테다. 기다려, 지금 당장 부숴줄 테니까.

그것은 정말, 아주 짧은 순간의 광기였다. 바로 뒤까지 가서 칼을 꺼내는 순간 꼬마가 고개를 들어 유키오를 보고, 다시 유키오가 쥐고 있는 것을 보고 환하게 웃었다. 칼날을 접은 나이프는 칼로 보이지 않는다. 적어도 꼬마의 눈에는. 아마도 신형 미니카라고 생각한 것 같다. 꼬마는 자신이 들고 있던 것을 던지고 붕붕 하고 난리를 피우며 두 손을 벌려 칼을 달라고 했다. 원하면 뭐든지 얻을 수 있다고 생각하는 게 싫다. 하지만 당황하고 만 유키오는 칼을 펴지 못하고, 순간 나이프를 쥔 주먹을 어린아이의 머리를 향해 휘둘렀다. 쭈그리고 앉은 꼬마의 머리는 유키오의 무릎 정도밖에 오지 않아서 대단한 힘을 실은 것도 아니다. 그래도 상상했던 것보다 훨씬 부드러운 두개골의 이상한 탄력이 주먹에 느껴졌다.

엉덩방아를 찧고 울음을 터뜨린 꼬마를 슬쩍 보며 전속력으로 달리기 시작한다.

발소리를 내지 않으면서 두 계단씩 껑충껑충 뛰어올라 4층 통로에 도착했을 때 아래층에서 어머니인 듯한 여자와 꼬마의 목소리가 들렸다.

"어머, 왜 그러니?"

"어, 아, 앙, 붕붕, 앙."

"놀랐니? 갑자기 울다니. 붕붕은 여기 그대로 있잖아."

"앙, 얏, 얏, 팡팡, 쿵, 팡팡."

"어, 뭐라고? 왜 그래? 바보처럼 왜 자기 머리를 때리니?"

"앙, 팡팡."

문에 열쇠를 꽂은 유키오는 격렬하게 헐떡이면서 자기도 모르게 웃음을 터뜨리고 말았다. 흥, 저거 보라고. 아직 말도 제대로 못하는 주제에. 더 울어라, 더 울어. 더 울라고!

팩에 남은 우유를 전부 마셔버리고 난 후에도 웃음이 계속 새어 나왔다. 오랜만에 유쾌한 흥분을 맛보았다. 꼬마에게 고통을 주는 것은 의외로 간단하다. 이런 식이라면 다음에는 틀림없이 잘 찌를 수 있을 것이다.

말은 그래도 아무래도 당분간은 밖에 나가지 않은 편이 나을 것 같아 텔레비전을 켰다. 하지만 재미없는 프로그램을 보다가 문득 생각이 나서 의자에서 일어났다.

아버지의 방문 앞에서 잠깐 망설이다가 손잡이에 손을 올렸다. 특별히 금지되어 있는 것은 아니지만 무단으로 이 방에 들어가는 것은 도리이(鳥居 : 신사의 경계를 나타내는 기둥 문 - 옮긴이)에 오줌을 갈기는 것과 같은 위화감이 들었다. 하지만 이때 유키오는 꼬마를 때리고 잔뜩 흥분한 상태였고, 과자빵을 산 후 주머니에는 게임방에서 '에프제로(F-ZERO)'를 한 번 하면 없어질 정도의 돈밖에 남지 않았다.

방은 몇 개월 전, 지금과 같은 목적으로 숨어들었을 때와 전혀 달라진 것이 없었다. 이불은 반으로 접힌 채 깔려 있었고, 노트북을 놓은 책상 주변도 다다미 위도 켜켜이 쌓인 정체 모를 책으로 가득했다. 작은 창 하나가 붙은 2평 반짜리라 어두컴컴해 어디를 디뎌야 할지도 모를 정도다.

책상 맨 위 서랍은 역시 잠겨 있었다. 자그만 자물쇠라 비틀어 열면 못 열 것도 없지만 그 후 원래대로 돌려놓을 방법을 모르겠다. 유키오는 포기하고 다른 서랍을 뒤졌다.

지난번에는 투명 테이프와 스테이플러 침 사이에서 500엔짜리 동전 하나를 발견했는데 오늘은 수확이 없다.

다음에는 책상 옆 비닐로 만들어진 간이 양복장 지퍼를 열고 안에 걸린 옷의 주머니를 뒤져본다. 이런 짓을 하는 것도 아버지가 오락기 슈퍼 패미콤을 사 주지 않아서다. 그것만 있으면 누구를 만날지 모르는 게임방 같은 데는 애써 가지 않아도 된다.

역시 건질 게 없다.

빈손으로 우두커니 서 있는데 컴퓨터 옆에 놓인 어마어마하게 두꺼운 책이 눈에 띄었다. 살짝 더러운 것은 아버지의 손때가 묻었기 때문일 것이다. 만 엔짜리 지폐라도 끼어 있지 않을까 싶어 꺼내보니 표지에 《고지엔(広辞苑)》이라고 쓰여 있다.

페이지를 쭉 넘겨본다. 지폐는 없는 듯하다. 아무래도 사전의 원조 같은 책인 모양이다. 어느 페이지든 엄청나게 많은 글자가 엄청나게 작은 글자로 잔뜩 적혀 있다. 그대로 하나의 세상이 담긴 것 같은 책이다. 아버지 그 사람처럼, 유키오에 대해서는 처음부터 닫힌 별세계다.

유키오는 글자를 읽는 것을 무척 싫어했지만, 이 엄청나게 두꺼운 사전에서 어떤 단어 하나를 찾아보고 싶어졌다. '블랙홀'이라는 게 머릿속에 떠올랐기 때문에 그것을 찾았다. 아무리 《고지엔》이라고 해도 그런 말은 실려 있지 않을 것이라고 깔보는 마음도 있었다.

그런데 블랙홀은 있었다. 훌쩍 지나쳤다가 다시 돌아가 해당 페이지를 찾아내는 데 5분 이상이나 걸렸지만.

블랙홀 : 대질량 · 고밀도 · 대중력이기 때문에 외부로 물질도 빛도 방출할 수 없는 천체. 무거운 별이 그 종말에 달해 스스로의 중력으로 붕괴되어 생긴다.

모든 뜻을 알 수는 없었지만 단어의 배열이 직접 뇌를 두드렸다. 훨씬 전부터 찾아 헤매던 것을 만난 기분이었다. 마치 최근 유키오의, 뭐라고 말로 표현할 수 없는, 스스로를 파괴하고 싶은 이상한 감정을 설명해주는 것만 같았다.

물질도 빛도 방출할 수 없다. 스스로의 중력으로 붕괴된다.

아무것도 없는 우주의 어둠에, 그저 아무것도 없다는 것보다 좀 더 결정적이고 적극적으로 아무것도 없는 것이 끝없는 우물처럼 입을 벌리고 있다. '아무것도 없다'가 존재한다. 책상이나

《고지엔》이나 자기 자신과 아버지, 이 세상 전체보다도 더 강하고 무겁고 격렬하게 존재한다.

상상 불가능한 것을 상상하려고 하니까 머리가 빙빙 돌았다.

사랑과 정의의 신 따위, 산타클로스와 마찬가지로 존재하지 않는다는 것은 이미 알고 있었다. 만약 정말 신이 있다면 그것은 가장 큰 규모의 블랙홀 같은 것이 아닐까.

유키오는 그때, 처음으로 맛본 듯한 깊은 안도감을 느꼈다. 끝없이 펼쳐진 새하얀 빙원에 균열이 생기고 어둠보다도 어두운 끝없는 심연이 입을 벌리고 있는 것이 보였다. 유키오만이 아니라 이 우주의 사상(事象) 모든 게, 살아 있는 모든 게, 그 깊이에 빠져들 운명인 것이다. 평등하고 가차 없이 블랙홀이라는 신의 무한한 어둠에 빨려 든다. 맞다, 그거다. 그것이 죽음이라는 것이다.

4

　　매일 관찰하는 중에 깨달은 점인데, 분명히 얏얏 하던 꼬마나 붕붕거리던 꼬마같이 무척 병아리 같은 꼬마와 그 정도는 아닌 꼬마가 있다. 유키오는 한눈에 그 차이를 알아볼 수 있었는데, 그렇다고 어디가 어떻게 다른지 물으면 구체적으로 설명하기는 어려웠다. 굳이 말하자면 아주 조금이라도 쭈뼛거리는 점이 있으면 왠지 그 꼬마는 유키오의 파괴 행동의 대상이 되지 못했다.

　　붕붕 꼬마로 말하자면, 그 후에도 한 번 더 뼈아픈 일을 당하게 했다. 어제 점심때, 아파트 계단을 내려가는데 변함없이 욕심이 잔뜩 붙은 얼굴을 한 그 녀석이 아래에서 엄마와 함께 올라오고 있었다. 정말 깜짝 놀라 유키오는 그 자리에 멈춰 섰는데 놀랍게도 바보 같은 녀석은 유키오를 기억하지 못하는 것 같았다. 그보다 한 손에 들고 있는 건담 모형에 정신이 팔려 유키오의 얼굴을 보려고도 하지 않았다.

"어머, 미안해."

유키오가 몸을 비켜 통로를 내주었다고 생각한 아이의 어머니가 말했다.

"아, 아니요."

어머니는 꼬마를 앞세우고 그 뒤를 따랐다. 그때 어머니의 몸에서 향수인지 화장품인지 알 수 없는 달콤한 꽃 냄새가 났다.

지나친 두 사람이 조금 위에서 다시 나란히 섰을 때 꼬마의 비틀거리는 다리와 어머니의 스타킹을 신은 다리가 마침 딱 유키오의 눈높이에 있었다. 그때까지 그런 생각은 해본 적도 없었는데 유키오는 손을 뻗어 계단을 오르려고 하는 꼬마의 한쪽 다리를 재빨리 쳤다.

무슨 일이 일어났는지 알 수 없는 꼬마는 쓰러지며 배인지 가슴인지를 계단 모서리에 부딪혀 순간 악 소리도 내지 못했다. 어머니와 손을 잡고 있지 않았다면 더 크게 다쳤을 것이다.

"어머나!"

"아, 아, 아앙!"

그때 이미 대여섯 계단 아래에 있던 유키오는 놀란 표정으로 두 사람을 올려다보았다.

"괜찮니? 어디 좀 보자. 아아, 살짝 벗겨진 것뿐이야. 아프지 않아. 아프지 않아."

어머니는 꼬마의 무릎에 난 찰과상을 쓰다듬으면서 유키오를 보고 미안하다는 듯 웃었다.

"미안해. 놀랐지? 별일 아닌 것 같구나."

운동신경이 상당히 둔한지 꼬마는 넘어지면서도 건담을 손에 쥐고 있었다.

"그러니까 걸을 때 앞을 꼭 잘 보라고 전에도 얘기했잖아."

어머니의 나무라는 소리를 등 뒤로 들으면서 유키오는 가벼운 발걸음으로 계단을 내려갔다.

공원 벤치에서 지내는 시간만이 충실한 순간이었다. 어린아이들을 바라볼 때의 유키오는 숨이 막힐 정도로 어두운 힘으로 충만했다. 자신의 마음 깊은 곳과 우주의 중심에 군림하는 거대한 블랙홀이 연결되어 있다는 것을 분명히 느꼈다. 힘은 그곳에서 오는 것이다. 블랙홀이야말로 진실의 신이라는 것을 다른 녀석들은 아무도 모른다. 하지만 나는 알고 있다. 그렇게 생각할 때마다 심장이 몸을 뚫고 높이, 높이 점프할 것 같은 기분을 맛보았다.

기회는 좀처럼 오지 않았다. 그러던 어느 날 드디어 꼬마 한 마리가 어머니 몰래 미끄럼틀 쪽으로 걸어가는 것이 보였다. 게다가 소름이 돋을 정도로 햇병아리 냄새가 나는, 맘에 안 드는 녀석이다. 바보 같은 눈, 어깨에서 늘어뜨리고 있을 뿐 쓸모가 전혀 없는 손. 그 손을 버둥거리며 위태롭게 균형을 취하면서, 그야말로 펭귄 걸음걸이로 비틀거리며 걷는다. 그렇게 작은 주제에 자신이 사랑스럽다는 것을 분명히 아는 얼굴이다. 사랑스럽기 때문에 무슨 짓을 해도 용서받을 수 있고, 그 특권을 충분히 이용하려고 하는 교활한 얼굴이다. 유키오는 그제야 자신이 왜 여자 아이가 아니라 남자 아이에게만 화가 나는지 알 것 같았다. 권위 위에 당연하다는 듯 가부좌를 틀고 잘난 체 장광설을 늘어놓는 교사 대부분이 남자다. 그 자식들 얼굴에 떠오르던 교활함이 눈앞의 꼬마의 얼굴에 드러나 있는 교활함과 그대로 닮았던 것이다. 이런 꼬마가 언젠가는 그런 호색한에 더러운 쓰레기 인간이 되는 것이다. 그 전에 없애버려야만 한다.

마음속 어딘가에서 속삭이는 소리가 들렸다. 호색한은 너겠지. 꼬마를 보면서 발기하는 너겠지. 사실은 너처럼 되지 못하도록 꼬마를 죽이려는 거지.

그런 생각을 뿌리치듯 벤치에서 일어났다. 걷기 시작했을 **때**는 아직 어떻게 하겠다고 결정한 것은 아니었다. 하지만 청바지 주머니에 손을 넣고 서바이벌 나이프를 세게 쥐었다. 자신의 격렬한 심장 소리가 들려 아무것도 생각할 수 없었다. 그런 주제에 엄청난 속도로 머리가 회전하고 있는 것 같기도 했다.

미끄럼틀 계단 근처에서 기다리면 된다. 바보 같은 꼬마가 가까이 온 순간에 슬로프 밑으로 끌고 간다. 어머니에게는 그늘이 되어 보이지 않을 것이다. 입을 틀어막고 찌른다. 재빨리 그 자리를 떠난다. 그대로 가장 가까운 출구를 통해 공원 밖으로 나간다. 아무것도 알아차리지 못한 어머니가 수다에 몰두해 있는 동안에 부드러운 고깃덩이에서 붉은 피가 콸콸 흘러나와 땅으로 흡수되어간다.

어쩐지 아주 간단한 일처럼 여겨졌다. 공원 위의 하늘만이 기분 나쁠 정도로 파랗게 맑았다. 곧 있으면 세상이 변한다. 유키오는 신과 하나로 이어진다.

미끄럼틀 계단에 어깨를 대고 뒷짐을 지고 칼을 꺼냈다. 다가오는 꼬마를 곁눈질로 바라보면서 유키오는 약속된 해방을 미리 손에 넣은 듯한 행복을 맛보았다. 자신이 다시 태어나 신과 융합하기 위해 지금 이 꼬마를 희생양으로 바쳐야만 한다. 그것은 그 순간 유키오에게는 의심할 여지가 없는 자연스러운 법칙이었다.

꼬마는 벌써 코앞까지 다가와 있다. 왜 이리 작은 거지. 지독한 이기주의자. 천사의 가면을 뒤집어쓴 자식. 유키오의 온몸에서 짐승 같은 힘이 솟아났다. 움켜쥔 손바닥 안에서 칼자루가 뜨겁게 부풀어 올랐다.

그때였다. 미덥지 못한 발걸음이 갑자기 뒤엉킨 꼬마가 앞으로 고꾸라지며 넘어졌다. 아차 싶었다. 순간 자신이 찔렀다고 생각했다. 피가 묻었을 칼을 얼굴에 대고 뚫어져라 쳐다봤다.

"어머나! 다케시!"

엄청난 비명이 터졌다. 잠깐의 틈을 두고 다리 밑에서 아이의 울음소리가 터졌다.

하늘도 나무도 그네도 미끄럼틀도 산산조각 나며 유키오의 위로 무너져 내렸다. 칼을 버리고 냅다 뛰기 시작했다. 꺅꺅거리는 소리가 뒤를 쫓아온다. 아버지의 얼굴이 떠올랐다. 교사의 얼굴, 급우의 얼굴, 그리고 분명히 기억나지 않는 어머니의 흐릿한 얼굴. 유키오가 버리고 싶었던 모든 것이 도망치고 또 도망쳐도 한없이 유키오를 따라온다. 실제로는 찌르지 못한 게 분명한데 꼬마의 몸을 파고든 칼날의 감촉이 생생하게 손에 남아 있다.

그날 밤, 돌아온 아버지가 이것 보라며 느닷없이 목덜미를 손가락 세 개로 잡은 더러운 새끼 고양이를 내밀었다. 유키오는 영문을 모르는 채 고양이를 받아 들었지만, 새끼 고양이가 터무니없이 부드러웠기 때문에 기분이 나빠져 곧바로 바닥에 내려놓았다.

"이, 이, 이게 뭐야?"

소리가 뒤집히고 격렬하게 가슴이 뛰었다. 아버지가 점심때의 일을 알고 이런 일을 하는 것이 아닐까 하는 생각이 들었다. 정말 찌른 게 아니라고 아무리 자신을 다독여도 몸을 파고들던 칼의 감촉이 그때까지도 손에서 사라지지 않았다.

"펭귄이야."

늘 무표정한 아버지는 이때도 역시 완벽한 무표정이었다.

고양이는 마루 위에서 가녀리게 울면서 앞뒤로 흔들었다. 유키오의 새끼손가락보다도 더 얇은 앞발로 버티고 일어서려고 했지만 성공하지 못해 떨고만 있었다. 아니면 그렇게 어미 고양이의 젖을 찾는 것일까. 아무래도 눈도 제대로 보이지 않는 듯했다.

"어, 어디가! 그냥 새끼 고양이잖아. 이게 뭐야?"

"펭귄이 애 이름이야."

확실히 새끼 고양이는 색깔만은 펭귄과 닮았다. 요컨대 목덜미에서 가슴까지만 하얗고 나머지는 새까맣다.

"비겁해! 이런 사기가 어디 있어? 부모가 할 짓이야! 우선……."

하지만 아버지는 상대해주지 않았다. 물도 마시지 않고 곧바로 방으로 들어가 쾅 하고 문을 닫아버렸다.

정신을 차리고 보니 테이블 위에 편의점 봉투가 평소대로 놓여 있었다. '쳇, 가끔은 장어라도 사 오지' 하고 생각했지만, 닭튀김 냄새에 침과 위산이 왈칵 흘러나왔다. 아버지는 한 번도 요리를 한 적이 없지만, 유키오는 그런 일에 그다지 신경 쓰지 않았다.

봉투 속을 살펴보니, 도시락, 닭튀김, 우유, 포테이토칩 말고 새끼 고양이용이라고 적힌 캔 사료가 두 개 들어 있었다.

캔 하나의 뚜껑을 따서 아직도 우스꽝스러운 춤을 추듯 흔들거리고 있는 새끼 고양이의 얼굴 앞에 놓았다.

생각해보면 초능력자도 아닌 한 아버지가 그 일을 알 리 없다. 입에 잔뜩 문 닭튀김을 우유와 함께 배 속으로 넘기면서 유키오는 캔을 무시하고 흔들거리고 있는 새끼 고양이를 관찰했다. 바짝 마르고 더러운 고양이다. 유키오의 주먹보다도 작다. 자신이 완전히 무의미하다는 것조차 깨닫지 못하는 무의미한 동물. 무의미한 주제에 눈도 귀도 제대로 다 붙어 있다. 포근한

털까지 나서 있는 힘껏 살아가려고 애쓴다.

샛노랗고 납작한 단무지와 차갑게 식은 밥을 함께 씹으면서 발부리로 새끼 고양이를 찔렀다. 고양이는 푹 고꾸라져 캔에 얼굴을 박았다. 한동안 울음을 그치고 가만히 있다가 더러워진 얼굴 그대로 다시 울기 시작한다.

유키오는 포테이토칩 봉지로 손을 뻗으면서 이 녀석을 죽이는 건 틀림없이 이 봉지를 여는 것보다 쉬우리라고 생각했다. 그러자 곧바로 또 그 칼의 감촉이 생생하게 되살아났다. 유키오는 봉지에서 손을 떼고 불쾌한 땀이 밴 손바닥을 입고 입던 운동복 바지에 문질렀다. 갑자기 식욕이 사라진다.

이런 조그만 녀석, 굳이 칼을 사용할 필요도 없을 것이다. 조금 있다가 밖으로 데려가 한 손으로 비틀면 그만이다.

5

　　　　유키오가 결국 펭귄을 죽이지 않은 것
은 아버지에게 새끼 고양이는 어떻게 되었느냐는 질문을 받고
이런저런 변명을 늘어놓는 것이 싫었던 점도 있지만, 역시 펭귄
이 너무 추했기 때문이다. 진짜 새끼 펭귄이나 공원의 꼬마들
처럼 사랑스러움이 곧 추함으로 이어지는 것이 아니라 그저 단
순히 추했다. 생물이 되는 데 실패한 것 같은 작은 존재가 삐삐
울어대는 모습을 보고 있자면 애써 죽이는 것도 귀찮았다. 처
음부터 반쯤 죽은 것처럼 보였기 때문에 내버려 둬도 죽어버릴
것만 같았다.

　이튿날 열 시가 지나서야 겨우 일어나 부엌으로 갔다. 펭귄

은 구석에서 축 늘어져 자고 있었다.

점심 값은 평소대로 테이블 위에 놓여 있다. 매일 반드시 동전으로 딱 800엔. 아버지는 평소 끊임없이 동전을 모으고 있는 것이 틀림없다. 잔돈이 없어서 1000엔짜리를 놓는 일은 결코 없다.

그런데 그날은 이런, 있을 수 없는 일이. 1000엔짜리가 기적처럼 테이블 한가운데 놓여 있다. 게다가 1000엔 위에 무거운 돌처럼 100엔짜리 동전 하나가 놓여 있다. 요컨대 1100엔이다.

손을 뻗어 지폐와 동전을 잡는데 그 밑에 휘갈겨 쓴 메모지가 있었다. "고양이 사료 값 300엔"이란다. 아들에게 800엔, 고양이에게 300엔이라는 것이 몸의 크기로 따지면 지극히 불공평하게 느껴졌지만, 그것도 한순간이었다. 고양이 정도는 먹다 남은 햄버거라도 주면 충분할 것이다. 그보다 하루 300엔이라면 한 달에 9000엔. 나쁘지 않다. 전혀 나쁘지 않다.

이때부터 유키오에게 펭귄의 사육은 일종의 비즈니스가 되었다.

돈을 모으면 슈퍼 패미콤을 사자. 게임기를 손에 넣으면 공원 같은 데 안 가고 방에 틀어박혀 게임을 하자. 그런 생각을 하면서 냉장고에 다가갔을 때 뭔가 미끈거리는 것을 밟았다. 들여다보니 펭귄의 똥이었다. 반쯤 설사 같은 것이다. 그러고 보니 아까부터 이상한 냄새가 방에 퍼져 있었다. 그 악취가 더욱 강해져 유키오의 코를 찔렀다.

"젠장!"

절로 욕이 튀어나왔지만 볼썽사납게 되었다. 한쪽 발로 뛰어 욕실로 가서 발을 씻었다. 그러고는 입으로 숨을 쉬면서 티슈 한 상자를 몽땅 사용해 바닥을 닦았다. 똥을 치우는 일 따위 태어나서 처음이었다.

진절머리를 치며 아침을 먹으면서 역시 게임기는 포기하고 고양이를 해치워버릴까 생각했다. 죽이는 게 싫으면 어디에 버리면 그만이다.

테이블 밑에 어제 뚜껑을 열어놓은 새끼 고양이용 사료 캔이 입을 댄 흔적도 없이 그대로 있었다. 그것을 쓰레기통에 던져 넣고 아직 한 개 남아 있는 캔을 땄다. 소량만 작은 접시에 담고 나머지는 랩을 씌워 냉장고에 보관한다. 오늘은 이것으로 충분하기 때문에 일단 사료 값은 그대로 굳은 셈이다.

방구석에 쭈그리고 있는 펭귄을 들어 올려 그릇 앞에 놓았다.

먹지 않는다. 음식이라는 것을 아는지 모르는지도 알 수 없다. 게다가 펭귄에게서 지독하게 냄새가 났다. 온몸에 똥을 떡칠하고 있다. 유키오는 더 이상 할 일이 없어져 어떻게 할지를 몰랐다.

"펭귄에게 제대로 된 모래 상자를 사 줘야 해."

그날 밤, 방에 들어온 아버지에게 말했다.

아버지는 넥타이를 풀면서 얼굴을 구겼다. 방구석에 신문지를 잘게 찢어 넣은 종이 상자가 놓여 있는 것을 흘낏 바라본다.

"네가 만들었니?"

눈앞의 테이블에 저녁거리 봉투를 내려놓는다. 오늘은 테이크아웃 전문 체인점의 초밥이다.

"응."

다시 대변을 지리면 견딜 수 없을 것 같아서 제 힘으로 기어 나올 수 없다는 점을 이용해 낮 동안 내내 펭귄을 종이 상자 안에 넣어두었다. 조금 전 상자에서 꺼내 더운물에 담갔다가 짠 걸레로 몸을 닦아주었다.

어미 고양이가 핥아주는 거라고 생각했는지 펭귄은 몸을 닦아주자 무척 좋아했다. 어쨌든 돈을 벌 수 있는 수단이므로 제대로 돌보고 있다는 것을 아버지에게 어필해야만 한다.

털만 보송보송해진 펭귄은 겁을 집어먹은 듯 마루 구석에 웅크리고 있다. 아버지는 다가가 슬쩍 등을 쓰다듬었다.

"저걸로 된 거 아니야?"

종이 상자를 턱으로 가리킨다.

"매일 이렇게 신문지를 찢어야 하느냐고. 게다가 이런 종이 상자는 바닥이 젖어서 냄새가 난다고."

아버지에게 냄새를 맡게 하기 위해 안의 신문지는 일부러 더러운 것을 놔두었다.

"그럼, 세숫대야 같은 데 모래를 넣으면 되겠네."

"모래라면 어디선가 가져올 수 있지. 공원의 모래라든가. 하지만 앞으로 계속해야 한다고."

아버지는 깎다가 남은 턱수염을 잡아당기면서 한동안 생각에 잠겼다.

"저기, 애완용품점에 가면 고양이 전용 인공 모래를 팔아. 냄새도 흡수하고 대소변만 골라 그대로 화장실에 버리면 돼. 이런 좁은 방에서 기르니까 청결이 제일이야."

"얼마나 하니, 그 모래?"

"오늘 보니까 괜찮은 플라스틱 상자와 세트로 2400엔에 할인해서 팔아. 다음에는 모래만 사면 되니까 그렇게 비싸지 않아."

아버지는 잠자코 자기 방으로 들어가 버렸기 때문에 유키오는 잠시 너무 부풀렸나 후회했다. 애완용품점에는 1980엔의 세일 상품이 나와 있었다.

"사 줄 생각이 아니면 내일 치 신문은 당신이 찢어!"

닫힌 문 쪽으로 다가가 큰 소리로 말해본다. 안은 쥐 죽은 듯 조용하고 대답도 없다.

그런데 이튿날 아침, 테이블 위에는 1100엔에다가 2400엔, 지폐와 동전 세트가 둘로 나뉘어 떡하니 놓여 있었다. 게다가 서로를 격려하듯 나란히 늘어서 있었다.

6

　　유키오는 모래 상자를 사기 위해 애완
용품점으로 갔는데, 어제 봐둔 1980엔짜리 세트가 보이지 않아
당황하고 말았다. 굳게 마음먹고 점원에게 물어보니 조금 전에
다 팔렸다고 한다.

　지금 있는 것 중에서 가장 싼 세트는 2300엔이나 한다. 하지
만 사는 수밖에 없다. 모래 상자로는 100엔밖에 건지지 못했다.

　온 김에 사료 매장도 슬쩍 들여다봤다. 어제, 펭귄은 두 번째
캔도 거의 입에 대지 않아서 결국 또 대부분을 버리고 말았다.
그것 말고도 전자레인지로 데운 우유도 시도해봤지만 이것도
거의 먹지 않았다. 유키오가 점심용으로 산 샌드위치 빵과 햄

을 잘라 줬는데도 먹지 않았다. 물을 담은 그릇에도 입을 대는 것을 보지 못했다.

걱정스러운 것은 펭귄이 여전히 설사를 하고 있다는 점이다. 이 정도로 노력하고 있는데 죽어버리면 손실이 크다.

사료 선반에는 고양이 이유식과 고양이용 분유, 수유용 젖병까지 갖춰져 있어서 놀랐다. 싸면 분유 정도는 사 줄까 생각했는데 가격을 보고는 바보가 된 기분이었다. 일일이 이런 것을 사 줬다가는 채산이 맞지 않는다.

계산대에서 돈을 지불하고 엄청나게 커다란 종이봉투에 든 모래 상자 세트를 받았다. 그대로 가게를 나오려는데 강아지가 우는 높은 소리가 들렸다.

계산대가 있는 쪽의 벽면은 작게 나눠진 몇 개의 진열장으로 꾸며져 있었다. 그중 하나에 들어 있는 옅은 갈색 강아지가 제 꼬리를 잡으려고 빙글빙글 돌면서 깨깽 울고 있었다. 계산대의 아주머니는 표정 하나 변하지 않는다.

강아지라고는 해도 그 녀석은 이미 강아지와 성견의 중간쯤 되는 크기였는데, 오른쪽으로 돈다 싶으면 왼쪽으로 돌고, 다시 오른쪽으로 돌고, 미친 듯 돌고 돌면서 이따금 좁은 유리 진열장에 부딪치기도 했다. 그 녀석의 우리에는 14만 엔이라는 가격표가 붙어 있었는데, 그 금액에 빨간 매직으로 두 줄이 그어지고 9만 엔으로 정정되어 있었다. 그 밖에도 다른 글자가 적혀 있어서 가까이 다가가보니까 "이자 없이 할부 OK"라고 되어 있다.

언제까지 계속 돌지 궁금해 바라보고 있는데, 개는 갑자기 멈춰 섰다. 유키오와는 눈을 맞추려고도 하지 않고 뭔가 개만 볼 수 있는 환상이 거기에 떠오른 것처럼 무서운 듯 고개를 움츠리고 허공의 한곳을 물끄러미 바라보고 있었다. 그런 다음, 지금까지의 소동은 뭐였나 싶게 얌전히 몸을 웅크렸다. 팔고 있는 애완동물 중에서 이 녀석이 가장 커서 진열장 안에서 마음껏 몸을 펼 수도 없다.

이유는 알 수 없지만 유키오는 그 개가 자신처럼 느껴졌다. 좁은 우리 안에서 오랫동안 혼자서만 자라, 환상에 겁을 먹거나 의미도 없이 제 꼬리를 쫓고 있는 자신. 가격을 낮춰도, "이자 없이 할부 OK"여도, 아무도 사 가지 않는 자신. 자신은 이미 미래나 행복 같은 것에는 결코 닿을 수 없을 것이라고, 그때 깨달았다. 왜냐하면 유키오는 살인자이기 때문이다.

하품이 나왔다. 수영장에서 잠수할 때와 마찬가지로 고막이 부풀어 오르고 귀울림이 생긴다.

여러 칸으로 나누어진 칸막이 안에는 그 녀석 말고도 상품으로 나온 강아지와 새끼 고양이가 들어 있었고 대부분은 노곤하게 잠들어 있었다.

18만 엔이라는 높은 가격이 붙은 옆의 진열장에는 아직 아주 작은 실내견 강아지가 있었다. 유키오는 방에서 죽어가고 있는 펭귄을 생각했다. 펭귄은 틀림없이 180엔에도 팔리지 않는다. 이 강아지도 분명 이제 막 젖을 뗐을 뿐이다. 사료 그릇에는 먹다 남은, 물에 불린 사료가 조금 남아 있었다. 바닥에는 신문지가 깔려 있고 강아지는 제 오줌이 만든 커다란 반점 위에 꼼짝도 하지 않고 쓰러져 있었다. 입이 살짝 벌어져 핑크색 혀가 보였다. 머리 부분의 검고 긴 털은 인간 여자 아이처럼 하나로 묶어 나비 리본을 매고 있다.

분명 이 강아지에게는 황제펭귄의 새끼 같은 사랑스러움이 있었다. 부드러운 봉제 인형 같다. 그런데 어째선지 지금 유키오의 가슴에 증오와 살의는 조금도 용솟음치지 않았다. 그 대신 두세 번 하품이 나오고 뭘 생각하는 것도 귀찮아졌다.

그렇게 우두커니 서 있는 동안 유키오는 점점 기묘한 꿈을 꾸는 기분에 빠져 나비 모양의 리본에서 눈을 떼지 못했다. 오줌이 번진 자리에 잠들어 있는 강아지 머리에 붙어 있는 빨간 리본. 그곳에서 현실이랄까, 세계랄까, 유키오의 마음이랄까, 누군가의 마음이랄까, 어쨌든 뭔가 기본적인 것이 뒤틀리고 부서지고 찢어졌다. 그 찢어진 틈과 유키오의 의식이 공명하며 격렬하게 흔들렸다고 생각한 순간 유키오는 이미 빨려 들었다. 거대한 틈이 덮쳐온다. 가게 안의 소음이 사라지고, 우리 안에 갇힌 고독한 상품들의 모습도 사라졌다. 아무것도 없다.

여기는 어디일까 하고 멍하니 유키오는 생각했다. 틀림없이 자신은 뭔가 끝없는 진열장 같은 것 속에 던져져 발가벗은 채 혼자 영원히 오지 않을 주인을 기다리고 있다. 이 기묘한 공백감. 평소 느끼던 모든 것을 느끼지 못하게 되는 느낌. 무엇을 느끼는 능력 자체가 소멸되어 버린 느낌. 물질도 빛도 방출되지 못해 스스로의 중력으로 붕괴한다.

블랙홀이다. 블랙홀에 잡혔다.

하지만 그럴 리가 없다.

몸도 움직이지 못한 채 유키오는 겨우 남은 힘을 쥐어짜 늘 품고 있던 그 강렬한 파괴 충동에 매달리려고 했다. 그 충동, 그 살의야말로 마지막 방어막이었다. 하지만 지금은 파괴 충동 그 자체가 파괴된다. 여기는 빛만이 아니라 어둠조차 없다!

열심히 불렀음에도 우주에 군림하는 블랙홀의 신, 유키오가 창조한 위대한 암흑의 신은 창백해지고 흔들리며 사라져갔다. 마치 바다에 부은 한 잔의 물처럼 순식간에 허공으로 녹아들었다. 그 뒤에는 그저 어떻게 다뤄야 할지 모를 적막한 슬픔만이 남았다.

자세도 표정도 바꾸지 않고 유키오는 잠깐 흐느껴 울었다. 그다음에는 갑자기 졸렸다. 깊은 패배감에 사로잡혔다.

빨간 것이 보인다. 강아지 머리의 리본이다.

강아지는 아직 잠들어 있다. 진열장에 갇혀. 블랙홀에 갇혀. 자신의 오줌 냄새에 갇혀.

옆의 진열장에서 커다란 강아지가 애절하게 왕왕 짖었다. 또 빙글빙글 돌기 시작하더니 갑자기 이상하게 허리를 구부리고 신문지 위에 똥 덩어리를 몇 덩이 떨어뜨린다. 틀림없이 조금 전 소란을 피울 때부터 내내 참고 있었던 것이다.

여기에 있는 상품들도, 펭귄도, 새끼 펭귄도, 꼬마들도, 인간도, 그 외에도 모두 처음부터 빨려 들었던 것이다. 빨려 들어 여기에, 이 세계(블랙홀)에 존재하고 있다.

유키오를 붙잡은 세계가 세계 그대로, 소리도 없이, 모습도 바꾸지 않고, 붕괴되는 것처럼 느껴졌다. 그 불가사의한 현상에 몸을 맡기면서 왠지 무시무시한 자유로움을 느꼈다.

한참 있다가 모래 상자 세트가 든 종이봉투를 들고 다시 한 번 고양이 사료 코너로 갔다.

강아지가 울며 소란을 피울 때에는 무관심했던 계산대 아줌마가 유키오 쪽으로 미심쩍은 시선을 던졌다. 절도를 경계하고 있다. 뭔가 작은 물품을 종이봉투에 던져 넣지 않을까 의심하고 있다. 일단 계산대로 돌아가 쇼핑 바구니를 빈손에 들었다.

새끼 고양이용 분유 한 통을 바구니에 넣었다. 젖병은 500엔이나 한다. 그 옆에 수유용 스포이트라는 것이 있어서 가격을 보고 그것을 사기로 했다. 주머니에는 이제 점심으로 살 과자빵 값밖에 남아 있지 않았다.

돈을 지불할 때 아줌마가 카운터 너머에 쭈그리고 앉아 무엇을 찾더니 비닐에 싸인 불꽃놀이 같은 것을 꺼냈다.

"이거, 줄게. 고양이 장난감이야. 포장이 찢어져 있지만 안은 신상품이야."

핑크색 막대 끝에 녹색 끈으로 말랑말랑한 작은 쥐가 달려 있다.

"진짜 토끼털로 만들었어. 진짜라서 고양이들이 정말 좋아해."

"고맙습니다."

얼굴을 붉히면서 고맙다는 인사를 했다. 유키오의 감사하는 마음은 너무나 커서 고맙다는 말로는 표현할 수 없는 것이었지만, 다른 말은 알지 못했다. 그것이 무척 안타까웠다.

스포이트를 짜고 있는 사이에 펭귄은 눈을 감고 있었다. 그다지 힘 있게 빨진 못했지만 작은 몸을 잡고 있는 유키오의 손에 펭귄이 무척 안심하고 있다는, 뭐랄까 지극한 행복을 느끼고 있다는 것이 전해졌다. 어째서 이런 일을 하는 걸까. 스포이트를 잡고 있는 유키오의 손가락에 두 앞발을 대고 오른쪽, 왼쪽, 오른쪽, 왼쪽을 번갈아 발톱을 세운다.

두세 시간 간격으로 조금씩 먹였다. 그때마다 펭귄은 눈을 감고 유키오의 손안에서 불쌍할 정도로 부드러워졌다.

"괜찮은 것을 샀구나."

밤에 돌아온 아버지가 모래 상자를 보고 말했다.

"분유도 샀어. 그리고 스포이트도."

"그래? 잘 먹니?"

"그냥 그래. 그런데 아직도 설사가 그치질 않아."

"흐음."

펭귄은 낡은 타월을 깐 요리용 스테인리스 사각 접시 안에서 자고 있었다. 아버지는 평소와 마찬가지로 유키오의 저녁을 테이블에 놓고 방구석으로 가 쭈그리고 앉아 펭귄을 살짝 쓰다듬었다.

"얌전하구나. 너를 무서워하진 않니?"

더블치즈버거, 치킨너겟, 포테이토를 차례로 봉투에서 꺼낸다. 싫다고 분명히 말했는데 콘슬로 샐러드도 들어 있다.

"너를 잘 따르니?"

"잘 모르겠는데."

종이 포장을 벗기고 햄버거를 씹으면서 귀찮은 듯 대답했다.

한참 동안 펭귄을 쓰다듬던 아버지는 조심스럽게 일어나 싱크대로 와서 수도꼭지에 입을 대고 물을 마셨다. 그러고는 손등으로 입을 닦으면서 자기 방으로 사라졌다.

유키오는 그냥저냥 서서 펭귄의 모습을 봤다. 아무리 다시 봐도 작다. 너무 작다. 생각해보면 펭귄에게도 부모가 있을 텐데 이 녀석의 아빠 엄마는 지금쯤 어디서 뭘 하고 있을까. 자기 아이를 기억이나 하고 있을까. 어쨌든 고양이의 부모란, 황제펭귄의 부모와 비교할 수 없을 정도로 박정한 녀석들인 게 분명하다.

문이 열리는 소리가 났을 때 유키오는 그런 생각을 하고 있었기 때문에 시선을 피하는 것이 한 박자 느려, 비쩍 마르고 허연 아버지의 맨몸과 배꼽 밑에서 덜렁거리고 있는 그것을 고스란히 보고 말았다. 나 참, 이러고도 부모라고. 속으로 혀를 찬다. 아빠 펭귄의 발톱의 때만큼이라도 해보라고!

자기 전에 다시 한번 펭귄에게 우유를 줬다.

펭귄은 배가 부른지 거의 마시지 않았지만 역시 행복한 듯 스포이트를 물고 왼쪽, 오른쪽, 왼쪽, 오른쪽 유키오의 손에 발톱을 세웠다. 내내 그렇게 있고 싶어 하는 것 같았다.

적당한 때를 봐서 접시에 내려놓으니까 졸린 듯 몸을 동그랗게 말았다.

7

이튿날 아침, 펭귄은 죽어 있었다. 접
시 안에서, 어젯밤 동그랗게 말고 잤던 그 모습 그대로, 다만
숨을 쉬고 있지 않았다. 작은 귀가 똑바로 서 있어서 자신이 죽
어버린 후의 세상 소리를 가만히 듣고 있는 것만 같았다.

유키오는 조금 흘러나온 똥을 치웠다. 펭귄이 계산대 아줌마
가 준 쥐 장난감을 한 번도 가지고 놀지 못하고 죽은 것이 무엇
보다 안타까웠다.

부엌의 찬장을 뒤져보니 경품으로 받은 타파웨어 플라스틱
용기 신제품이 있었다. 깨끗한 손수건을 깔고 펭귄을 그 안에
담았다. 그리고 보니까 펭귄은 너무나 작았다. 그렇게 작은 몸

으로 죽을 거라면 왜 애써 태어났는지 유키오로서는 알 수가 없었다.

어쩌면 혹시 숨을 다시 쉴지도 모른다고 생각했기 때문에 상태를 관찰하면서 느릿느릿 아침 요구르트를 먹었다. 중간에 너무 만지고 싶어서 딱 한 번 펭귄의 동그란 앞발 끝을 만졌다. 우유를 마시면서 힘을 주어 발톱을 세우던 앞발은 시든 이삭처럼 흐물흐물했다.

오후가 되어서야 아파트를 나왔다. 펭귄을 '사계의 바람 공원' 안 어딘가 조용한 곳에 묻어주고 싶었다.

쌀쌀하고 흐린 날이었다. 이런 날은 틀림없이 꼬마들도 없다.

어쨌든 유키오는 놀이기구가 있는 어린이 공원 쪽으로 가지 않고 플라스틱 용기를 안고 인적이 드문 나무 그늘 사이를 걸었다. 그다지 기대하지는 않았지만 다리가 자연스럽게 아리야마가 책을 읽던 언저리로 향한다.

그런데 얼마 전과 마찬가지로 잔디 위에 현실의 아리야마 아야메가 뒹굴고 있는 것을 발견했을 때, 유키오는 너무 놀라 곧바로 받아들이기 힘든 심정이었다. 오늘은 교복 차림인데, 내던진 책가방 옆에 역시 식료품으로 부푼 슈퍼마켓 봉투가 놓여 있었다.

유키오를 알아보고 아리야마는 벌떡 일어나 이쪽으로 오라며 불렀다.

"너무 늦었잖아!"

느닷없는 얘기를 듣고 이게 뭔가 싶었다. 이 녀석과 언제 약속을 했나? 하지만 귀찮아서 "미안해" 하고 사과했다.

"조금 전까지 몽도 있었는데."

"아, 그래?"

몽이 누구지? 짚이는 반 친구들의 얼굴이 몇 떠오른다.

"자, 이거야. 받아." 가방에서 얼마 전에 말한 책을 꺼내 유키오에게 건넨다.

"고마워."

흘러가는 분위기상 받아 들면서 어쩐지 아리야마와 블랙홀에 대해 얘기하고 싶었다. 그러자 마치 텔레파시가 통한 것처럼 아리야마가 말했다.

"나, 알았어. 그러니까 여자의 몸은 어딘가에서 블랙홀과 이어져 있어."

"뭐?"

무슨 소린지 전혀 모르겠다. 아리야마는 옆에 놓인 봉투에서 쇠고기 팩을 꺼내 보였다.

"오늘은 추우니까 스튜를 만들 거야. 그래서 비싼 고기를 사버렸어. 봐봐."

고기를 다시 넣고 이번에는 봉투 안쪽에서 게맛살을 꺼내 포장을 쫙 찢고 새빨간 스틱 하나를 꺼내 먹었다.

"맛있다! 이거, 먹어봐."

유키오에게도 하나를 주었기 때문에 우두커니 선 채 바보처럼 그것을 받아 입에 넣으려고 했다. 그때 아리야마가 갑자기 큰 소리를 내며 "몽!" 하고 불러서 유키오는 너무 놀라 게맛살을 떨어뜨리고 말았다.

"어머! 떨어뜨렸네." 곧바로 평소의 목소리로 돌아온 아리야마가 비난을 섞어 말했다. "그럼 그거, 몽에게 줘야겠다."

그런 다음 또 소리친다. "몽!"

"뭘 들고 있어?" 평소의 목소리로 돌아와 플라스틱 용기를 가리킨다.

유키오는 신경이 이상해질 것만 같았다. 아리야마 아야메는 새로운 게맛살을 또 주었고 자기도 하나 먹었다.

"이거, 펭귄……, 아니, 새끼 고양이……. 죽었어."

처음으로 온전히 시선이 맞았다.

"그 안에 죽은 고양이가 들어 있어?"

"응."

"보여줘."

플라스틱 용기를 건넸다. 아리야마 아야메는 뚜껑을 열고 한동안 잠자코 펭귄을 바라봤다. 유키오는 지금 그 용기 속에 조그맣게 웅크리고 있는 펭귄만큼 무엇에 대해 사랑스럽다거나 안쓰럽다고 생각해본 적이 없었다.

"네가 죽였니?"

이 녀석, 도대체 무슨 생각을 하는 거지.

"서, 설마……."

서둘러 부정하려고 애를 썼지만 제대로 부정하지 못한 채 갑자기 머리가 엉망이 되었다. 맞다, 나는 살인자다. 맞다, 이것은 틀림없는 벌이다. 펭귄은 내가 죽인 꼬마 대신 죽은 것이다. 그런 짓을 했기 때문에 이렇게 된 것이다. 내가 펭귄을 죽였다.

공기가 흔들리고 유키오와 아리야마 사이를 무엇이 소리도 없이 빠르게 스쳐 지나갔다. 고양이다. 아리야마의 그 고양이다. 유키오는 입을 벌린 채 고양이의 움직임을 지켜봤다. 커다란 덩치의 충실한 무게감이 가벼운 도약을 더욱 두드러지게 한다.

"어머, 몽, 안 돼. 안 된당께!"

아리야마가 서둘러 일어나면서 소리를 질렀다. 갑자기 간사이 사투리가 튀어나왔기 때문에 아리야마 안에서 또 다른 아리야마가 나온 것 같은 이상한 느낌이 들었다.

붉은 얼룩 고양이가 손이 닿지 않는 곳까지 가서 멈춰서는 여유를 보이며 이쪽을 돌아봤다. 귀까지 찢어져 있는 것처럼 보이는 입에 시커멓게 늘어져 있는 조그만 것이 펭귄의 사체라는 사실을 유키오가 깨닫는 데 조금 시간이 걸렸다.

"몽, 게맛살 줄 테니까 그 애 돌려줘!"

경악한 상태에서 멍하니 서 있는 유키오의 옆에서 아리야마가 더욱더 소리를 지르며 게맛살 하나를 흔들었다. 고양이는 키득키득 웃는 것 같은 표정을 지었다. 펭귄을 머금은 채 홀쩍 뛰기 시작하더니 다음 순간 급브레이크를 건 것처럼 멈췄다. 붕 뛰어올라 몸의 방향을 바꾸더니 저쪽으로 돌진하다가, 또 멈춘다. 언젠가 강아지풀 밭을 휘젓고 다닐 때와 똑같은 몸놀림이다. 스스로 규칙을 정하고 놀고 있다. 아니면 아리야마와 유키오를 도발하려는 퍼포먼스를 벌이고 있는 셈인가.

고양이가 상당히 흥분해 있는 것은 분명하다. 흥분했고 취해 있다. 복잡한 움직임을 질리지 않고 되풀이하면서 고양이의 몸은 하나의 이어진 흐름처럼 우아하게 너울거렸다. 오렌지색 털이 마치 몸 안에 불을 켠 것처럼 반짝이고 있다.

고양이는 마지막으로, 좀 더 높이 점프했다. 네 다리가 지면에서 떨어지자마자 유키오의 눈에는 고양이의 주위만 슬로모션으로 바뀐 것처럼 보였다. 가볍게 공중에 뜬 고양이의 몸은 공기를 품고 다시 낙하하기 전에 도약의 가장 정점에서 한순간 완전히 정지했다.

그리고 고양이는 돌아보지도 않고 그대로 달려가 저 너머 나무들 사이로 순식간에 사라져버렸다.

아리야마 아야메가 후 하고 한숨을 쉬었다. 유키오는 손등으로 입을 닦았다.

"그 새끼 고양이, 몽에게 줄래?"

"싫어. ……그건 싫어."

"그렇지만 어쩔 수 없다."

"너, 네 고양이잖아. 빨리 가서 찾아와. 너무 불쌍하잖아."

참을 틈도 없이 눈물이 흘러넘쳤다.

"그래? 지금쯤 그 애, 벌써 몽에게 먹혔을지도 몰라."

아리야마의 이 한마디에, 여자 앞에서 우는 일이 얼마나 꼴사나운 일인지도 잊어버렸다. 무엇보다 이 녀석은 여자가 아니다. 여자라면 절대 이런 생각은 하지 않는다.

"너, 그 애 이 공원에 묻을 생각이었어? 그러면 그 애, 땅속에 묻히는 것보다 몽에게 먹히는 게 훨씬 행복할 거야. 그렇지? 그러니까 그렇게 울지 마."

울지 말라는 소리를 들으니까 오히려 더 울고 싶어졌다. 눈물과 콧물이 입속으로까지 흘러 들어가 짭짜름했다. 어머니가 사라졌을 때도 울지 않았다는 사실이 떠올랐다. 지금 그때 흘렸어야 할 눈물까지 흘리고 있는 것만 같았다.

"그 애는 몽에게 먹혀 몽이 되었다고 생각하면 돼. 앞으로는 몽을 그 애라고 생각하면 돼."

이미 먹혔다는 소린가. 먹히기를 바라기라도 하는 것 같은 말투다. 뭔가 한마디 해주고 싶은데 흐느끼느라 목이 막혔다.

"몽은 내 고양이이긴 하지만 아는 아줌마네 집에 쭉 맡겨놓고 있어. 그렇지만 이 공원에는 함께 놀러 와. 앞으로는 우리 둘의 고양이라고 생각하면 돼. 아아, 그보다 다음에는 몽이 살고 있는 집에 데리고 갈게. 그게 좋겠다. 아줌마가 밥을 해줄 거야."

펭귄도 죽지 않았다면 저렇게 커다란 고양이가 되었을 수도 있다. 그렇게 생각하자 억울했다. 새까맣고 가슴만 빠진 것처럼 새하얗고 당당한 체구의 펭귄이 고양이 웃음을 지으면서 남극의 대빙원을 질주하며 아리야마의 고양이보다 더 높이, 새파랗게 갠 하늘에 빨려 들 것처럼 높이 도약하는 것을 상상했다. 그러고 보니 유키오는 펭귄이 암컷이었는지 수컷이었는지도 몰랐지만.

"이거 돌려줄게."

손수건만 깔린 텅 빈 플라스틱 용기가 눈앞에 나타났다.

그때 사람의 기척이 나고 등 뒤에서 날카로운 소리가 났다.

"너희들, 잠깐만!"

돌아보니 잔디밭과 숲의 경계에 제복을 입은 경관과 머리가 긴 여자가 나란히 서 있다. 둘 다 유키오를 물끄러미 바라보고 있다. 여자의 얼굴을 기억하고 있었던 것은 아니지만, 유키오는 무슨 일이 일어났는지 금방 깨달았다.

아리야마 아야메가 강한 힘으로 유키오의 팔뚝을 붙잡고 거의 입을 움직이지 않으며 아주 빠른 표준어로 속삭였다.

"내일, 같이 몽이 사는 집에 가자. 괜찮지? 약속했다. 너, 뭔가 큰일이 난 것 같은데 나는 내일도 여기서 기다릴게. 비가 오더라도 올 거야."

8

　　파출소 입구에 선 아버지의 눈은 꼼짝도 하지 않았다. 의자에 앉아 있는 유키오에게 슬금슬금 다가오는 얼굴이 채소처럼 새파랬다.

"괜찮니? 다친 데는 없고?"

　옷 위로 어깨, 가슴, 등을 성급히 더듬는다. 아버지라도, 아버지가 아닌 누구도 몸을 만진 적이 없었기 때문에 유키오는 가벼운 충격에 빠졌다. 험악한 분위기에 잔뜩 움츠려 있던 경관도 가만히 지켜보고 있었다.

"아이고, 아버님 되십니까? 아니, 형인가 생각했네요. 그게 말입니다. 유키오 군이 다친 건 아닙니다."

겨우 말을 걸었는데도 듣지도 않고 퍼붓는다.

"당신이 칼이 어쩌고저쩌고하며 일단 오라고, 내내 영문 모르를 설명을 했잖아요! 도대체 뭡니까. 놀라지 않았습니까. 무사하다면 처음부터 무사하다고 얘기해주면 좋았지 않습니까!"

입술이 떨리고 있다. 눈에 거친 빛이 감돌고 있다. 유키오는 아버지가 이렇게 많은 말을 한 번에, 그것도 단숨에 할 수 있는지 몰랐다.

"아이고, 일단 진정하십시오. 아버님이 끝까지 듣지 않고 전화를 끊으셨잖아요. 자, 일단 앉으세요."

경관이 익숙한 손놀림으로 어깨를 누르자 잔뜩 굳어 있던 아버지의 몸이 쑥 하고 주저앉았다.

"지금부터 자세히 설명하겠습니다. 그러니까 실은 이쪽 아주머니의 세 살짜리 아이가 말입니다."

아버지는 구석 의자에 앉아 있는 여자에게 처음으로 시선을 보내고 깜짝 놀라더니 벌린 입을 숨만 들이켜고 다시 닫았다.

경관은 유키오의 서바이벌 나이프를 꺼내 책상 위에 놓았다. 그리고 헛기침을 하고 공원 미끄럼틀 옆에서 여자가 칼을 발견한 경위를 순서대로 말하기 시작했다. 그 목소리를 들으면서 이상하게도 유키오는 무척 홀가분했다.

이야기를 듣는 아버지의 표정이 일단 부드러워졌다가 다시 조금씩 굳어지더니 미간에 깊은 주름이 새겨졌다.

"그러니까…… 아버님, 이 일을 이대로 방치해선……."

이야기 도중에 튀어 오르듯 의자에서 일어난 아버지가 경관을 향해 120도 정도로 허리를 굽혔다. 뭐랄까 무척이나 산뜻한 몸놀림이었다.

"죄송합니다! 아버지인 저의 부덕의 소치입니다."

목소리 톤이 조금 전과는 완전히 달랐다. 그 자세 그대로 여자 쪽으로 몸을 돌린다.

"그리고 부인, 성함도 모르지만 고맙습니다. 아들에게는 생명의 은인이십니다."

"예?" 여자가 처음으로 소리를 냈다.

"유키오가 포기한 것은 당신 덕분입니다. 아이가 넘어져 당신이 소리치지 않았다면 유키오가 어떻게 되었을까요. 이 녀석, 늘 얘기했어요. 살아서 뭐 하나. 죽고 싶다. 죽고 싶다고. 그런데도 저는 제대로 들어주지 않았습니다. 이 또래에 늘 있는 지나가는 고민이라고 쉽게 생각했습니다. 그런데 이 녀석은 최근에 학교에도 가지 않고 점점 어두워졌어요. 아무래도 이건 위험하다고, 무슨 일이든 해야겠다고 마침 생각하던 차였습니다."

"그러고 보니 조금 전 공원에서도…… 울고 있었던 것 같은데, 하지만……."

"그렇죠. 정말 그렇죠! 이미 매일 질질 짜며 지내고 있으니까요. 하지만 이 녀석이 한 일에 자살 미수라는 말을 붙이는 것은 피하고 싶습니다. 무엇보다 정말 죽고 싶다면 공원 한가운데에서 하겠습니까. 이 녀석은 분명 어머님 같은 분이 알아차리고 말려주기를 내심 기대하고 있었던 게 아닐까요. 아니면 요즘 유행하는 자해 행위를 살짝 시험해보자는 가벼운 마음이었을지도 모릅니다. 어쨌든 관심을 끌고 싶다는 잠재의식으로 자신을 과시하고 싶었다고 해석할 수 없을까요. 앞으로는 그런 점도 포함해 아버지로서 진지하게 받아들이고 천천히 시간을 가지고 얘기를……."

"잠깐, 잠깐만요. 그런 게 아니라……."

여자가 말했다.

"예?" 아버지가 물었다.

"쟤는 그 칼로 우리 아이를……."

"예, 유키오가? 유키오가 자녀분에게 위해를 가하려는 것을 보셨습니까!"

"아, 아니요. 본 건……."

"아, 놀랐다. 당연하죠. 분명히 조금 전 얘기에서도, 넘어진 자녀분도 칼 같은 건 보지 못했다고 얘기했고."

"뭐…… 그렇지만."

"아니요, 됐습니다. 신경 쓰지 마십시오. 기분을 상하게 하려는 건 아니었습니다. 부모란 아무래도 지나치게 걱정을 하는 법이니까요."

여자는 입고 있는 노란색 스웨터의 소매에서 보풀을 한둘 떼어내 잠깐 망설이다가 바닥에 버렸다.

"아버지, 나……."

"유키오, 다 알았으니까 얘기는 됐다. 앞으로는 무엇이든 같이 얘기하고 둘이서 열심히 살자. 응?"

믿을 수 없었다. 마치 촌스러운 청춘 드라마 같았다. 아버지는 그 후로도 끊임없이 떠들었다. 미래, 청소년, 무한한 가능성, 희망, 인생, 사회 환경, 생명, 상호 이해, 그런 말이 조각조각 귀에 들어왔다. 유키오는 일어나는 상황을 이해하지 못한 채 그저 아버지의 얼굴을 보면서 '그래, 이 사람은 이중인격이구나' 하는 생각만 했다.

"……그러므로 오늘은 이만 실례하겠습니다. 이 녀석도 피곤해 보이니 돌아가 쉬게 하겠습니다. 정말 여러 가지로 고맙습니다. 자, 유키오, 가자."

"아니, 그게, 잠깐."

일어나는 아버지를 경관이 제지했다.

"경관님, 은혜는 잊지 않겠습니다. 그리고 어머님, 이 녀석에

게도 어머님 같은 다정한 엄마가 있었다면 달랐을 겁니다. 아
버지만 있다는 것은 아무래도……."

아버지는 눈가를 눌렀다.

"어머나." 여자는 당황해 긴 머리를 쓸어 올렸다.

"아무쪼록, 그러니까, 힘내세요."

9

아버지의 보조에 맞춰 걷느라 숨이 찼다. 뺨이 팬 무표정한 옆얼굴은 말을 붙일 구석도 없었고 무슨 생각을 하는지도 알 수 없었다. 어쨌든 아버지가 화나 있다는 것은 틀림없다고 유키오는 생각했다.

하지만 모퉁이를 돌아 파출소가 보이지 않게 되자마자 이상한 일이 벌어졌다. 아버지가 고통스러운 듯 가슴을 움켜쥐고 쌕쌕 헐떡거리기 시작했다. 유키오는 놀랐다. 심장 발작인가 싶어 초조했다. 등을 구부리고 고꾸라지듯 두세 걸음을 걸은 아버지는 차도와의 경계인 가드레일에 두 손을 대고 그대로 미끄러지듯 주저앉았다. 이마에 땀이 솟았다.

유키오는 어쩔 수 없이 아버지의 곁으로 다가가 섰다. 보도 폭이 넓지 않았기 때문에 통행인들이 기분 나쁘다는 듯, 방해가 된다는 표정으로 지나쳤다.

꽤 시간이 지난 후에 아버지는 다시 일어나 고개를 숙인 채 걷기 시작했다. 그 모습은 이미 완벽하게 평소의 무기력하고 무뚝뚝한 30대 남자였다.

아무래도 아파트에 곧바로 돌아갈 마음이 없는지 정처 없이 모퉁이를 돌거나 횡단보도를 건넜다. 그동안 한 번도 유키오가 따라오는지 어떤지 고개를 돌려 확인하지 않았다.

파출소를 나오고 나서는 두 사람 다 한마디도 입 밖에 내지 않았다.

유키오는 이럴 때 하필이라고 생각하면서도 지독한 시장기를 견디느라 고생했다.

"잘못했어."

빨간 신호에 걸려 멈춰 섰을 때 마침내 모기 소리 같은 목소리로 유키오가 말했다.

청신호로 바뀌고 도로를 건너는데도 아버지는 반응이 없었기 때문에 듣지 못했다고 생각했다. 그런데 조금 더 간 다음에 아버지가 슬쩍 유키오를 봤다.

"뭐가?"

"그러니까…… 파출소에서, 그런 나쁜 생각을 하게 해서."

"별거 아니야. 회사에서 늘 하는 일이야."

그렇게만 말하고 또 등을 돌려버린다.

패스트푸드점에서 막 튀겨낸 포테이토의 향긋한 냄새가 났다. 그 앞을 지나쳤다. 라면 가게 앞도, 도시락 가게 앞도, 도넛 가게 앞도 지나자 길 너머에 '사계의 바람 공원'의 나무들이 보였다.

그럼 아버지는 회사에서 윗사람이나 누구에게 혼날 때마다 아까처럼 필사적으로 변명을 늘어놓는단 말인가. 그러고는 화장실 같은 데로 도망쳐 숨을 헐떡이면서 혼자 주저앉아 있었던 것일까. 정말 매일 그런 일을 하고 있는 걸까. 그래도 출근 거부로 이어지지 않았단 말인가. 그것은 어쩌면 나를 부양해야만 하기 때문일까.

아버지의 반보 뒤를 힘없이 고개를 떨어뜨리고 걸으면서 유키오는 머릿속으로 두서없이 그런 생각을 했다.

어느새 해가 저물고 황금빛 햇살이 공중에서 물결처럼 흔들리고 있었다. 서쪽 입구로 공원에 들어가 인적 없는 산책로를 걸었다. 홀쭉한 그림자 두 개가 앞으로 기울어져 길게 늘어진다. 이대로 가면 싫어도 놀이기구가 있는 광장이 나오는데 유키오는 그곳을 아버지에게 보여주고 싶지 않았다.

"나, 정말 찌르려고 했어."

멈춰 서서 그렇게 말을 던졌다. 아버지는 그대로 가버린다. 아버지를 쫓아가서 눈앞의 등을 노려보면서 외쳤다.

"나, 살인자라고!"

아버지는 걸음을 멈추고 체념한 듯 천천히 몸을 돌렸다.

"알았으니까 소리치지 마라."

"안다고? 그럼 역시 알고서도 경찰을 속인 거야?"

"그래."

"그건 비겁해!"

말하고 나서 바로 후회했다. 어째서 생각지도 않은 말이 입에서 튀어나오고 말았나. '비겁'이라는 말을 취소할 수 있다면 지금 당장 이 자리에 쓰러져 죽어도 좋겠다.

순간 부딪친 시선을 아버지는 바로 피했다. 무슨 말이든 해야 한다. 유키오는 초조했다. 진심으로 느끼고 있는 것을 제대로 전해야만 한다. 하지만 진심으로 느끼고 있는 게 뭐지?

'아', '우' 하며 목이 메면서도 입을 열었다 닫았다 했다. 첫마디가 나오지 않았다. '당신'이라고 부르는 것도 이 상황에서 이상하고, 새삼 '아버지'라고 부를 수도 없는 노릇이다. 조금 전 파출소에서 딱 한 번 그렇게 불렀지만, 그것은 정신없는 틈을 타 일어난 해프닝이었다.

"그러니까, 저기, 아, 아……."

목소리를 짜내려고 애쓰는데 깨끗이 입이 막혔다.

"어쨌든…… 앞으로 절대 그런 짓은 하지 마라. 알겠니?"

얼굴이 그야말로 딱딱하게 굳어 있다. 눈앞의 그 얼굴에, 조금 전 파출소에 들어왔을 때의 보라색 양배추 같았던 얼굴이 겹쳐 보였다.

하지만 그뿐이었다. 휙 몸을 돌려 멀어져 간다.

유키오는 김이 새서 그 자리에 우두커니 서 있다. 낡은 양복을 입은 어깨를 늘어뜨리고 걸어가는 뒷모습은 마치 엄청나게 큰 펭귄 같았다. 아스팔트와 신호등과 복잡한 빌딩으로 이뤄진 더러운 회색 병원을 정신이 아득해질 만큼 먼 목적지를 향해 비틀비틀 걸어간다.

"기다려!"

불러봤지만 펭귄 아버지는 물론 돌아보지 않는다.

느닷없이 또 눈물이 흘러나왔다. 어째선지 요즘에는 울기만 한다. 유키오는 훌쩍거리면서 아버지를 쫓아 옆에 나란히 서서 맘대로 떠들기 시작했다.

"꼬마가 너무 건방져 보였어. 새끼 펭귄하고 꼭 닮아서 참을 수가 없었어. 왠지는 모르겠지만 죽여버리고 싶었어. 펭귄은 고양이 펭귄이 아니라 남극에 있는 펭귄, 진짜 펭귄을 말하는 거야. 그 새끼라는 것이 인형처럼 폭신폭신한 녀석들이야. 부모 펭귄의 배에 들어갔다 나왔다 하고 자기 맘대로 구르면서 놀아. 이상하게도 공원에 있는 꼬마들이 그 녀석들로 보였어. 그래서 새끼 펭귄을 죽이고 싶은 건지, 꼬마를 죽이고 싶은 건지, 화가 나서 뭐가 뭔지 모르게 되었어."

아버지가 듣는지 마는지는 그다지 신경 쓰지 않았다. 계속해서 이야기를 늘어놓는 쾌감에 취해 브레이크가 걸리지 않았다.

"하지만 꼬마를 찌르려고 한 탓에 그 벌을 받아 고양이 펭귄이 죽었어. 펭귄, 오늘 아침에 일어났더니 죽어 있었어. 게다가 엄청나게 큰 고양이가 와서, 그 얼룩무늬 고양이의 주인은 아리야마라는 이상한 여자 아이인데, 그 녀석이 죽은 펭귄을 빼앗아, 아마도 먹어치웠을지도 몰라."

"여자가 고양이를 먹었어?" 아버지가 물었다.

"먹은 건 고양이야."

아버지는 이해할 수 없다는 표시로 한숨을 쉬었다. 이미 어린이 공원 근처까지 왔다. 그네와 정글짐과 그 미끄럼틀이 보였다. 꼬마들과 엄마들은 보이지 않았다.

아버지가 벤치에 앉았기 때문에 유키오도 옆에 앉았다. 저 물어가는 석양의 끝이 아주 조금 정글짐 꼭대기를 만지고 있는 듯했다. 어두운 힘의 포로가 되어버린 채 매일 몇 시간씩 아이들을 바라보던 그 벤치에 지금 이렇게 아버지와 나란히 앉아 있는 것이 뭐라고 말로 표현할 수 없지만 불가사의했다.

한참을 그러고 있다가 아버지는 두 손을 들어 살짝 일부러 그러는 것처럼 기지개를 켰다. 그리고 상의 주머니를 뒤져 그 서바이벌 나이프를 꺼냈다.

'흠' 하고 유키오에게 건네려고 한다. 유키오는 당황했다.

"그, 그거, 나한테 돌려주지 마. 무엇보다 내가 맘대로 가지고 다녀도 괜찮아?"

"경찰에 기부하겠다고 해도 말릴 순 없지만."

여기에 뭔가 깊은 의미가 담겨 있을까. 유키오는 잠시 생각했다. 때마침 지금 이 순간, 이 벤치 위에서, 문제의 미끄럼틀을 바라보면서, 자신에게 이 칼을 돌려주는 행위 자체에, 아버지로서 아들에게 주고 싶은 교훈이랄까, 바람이랄까, 인간적 이념이랄까, 그런 것을 함축한 것일까.

"그, 그럼, 당신한테 줄게."

낯빛을 살피면서 말해본다.

"난 필요 없어."

그렇다면 역시 그저 칼을 어떻게 처리할지 곤란했다는 말인가. 버리기는 아깝고.

"자, 받아."

받아 든 칼은 아버지의 체온으로 따뜻했다. 손안에 쥐었을 때 참고 있던 공복감이 발작적으로 솟아올라 배에서 꼬르륵 소리가 났다. 순간 시야가 흐려진다. 그러자 아무도 없는 공원의 미끄럼틀 그늘에 유키오의 얼굴을 한 꼬마 하나가 죽은 구슬 같은 눈에 하늘을 비추고 가만히 누워 있는 것이 보였다.

누가 먼저랄 것도 없이 일어나 숲 쪽으로 천천히 걷기 시작한다. 아직 어둡지도 않은데 어느새 공원에는 가로등이 켜져 있었다.

"역시 이거, 그쪽에게 줄게."

유키오는 다시 한번 서바이벌 나이프를 내밀었다.

"필요 없다니까."

귀찮다는 듯 내친다.

"그럼, 맡아줘. 내가 지금 있는 장소에서 매듭지을 때까지."

새삼 물고 늘어진다.

"지금 있는 곳이 어딘데?"

"어디라니, 여기지. 그러니까 블랙홀 같은 곳."

표정이 움직이지 않는다. 못 들었다는 태도다.

걸으면서 또 개의치 않고 얘기했다. 조금 전처럼 자연스럽게 말이 나오지 않는다. 내용이 내용이다 보니 말이 자꾸 걸린다.

아빠 펭귄과 엄마 펭귄, 알에서 막 깨어난 폭신폭신한 새끼, 부화하지 못한 채 얼음 속에서 얼어버린 검은 알, 붕붕 꼬마와 얏얏 꼬마, 스포이트로 우유를 먹는 펭귄, 애완용품점의 우리에 있던 강아지, 강아지 머리에 달려 있던 붉은 리본, 이자 없이 할부 OK, 붕괴하는 천체, 빛을 밖으로 방출할 수 없는 너무 무거운 별……. 맥락도 없는 단편 같은 이야기.

"그게, 블랙홀이야?"

"응."

아버지는 칼을 받아 들고 원래대로 주머니에 넣었다. 그리고 산책로의 완만한 커브를 돌 때까지 잠자코 무엇을 생각했다.

"저기 말이야, 유키오, 어른들은 보통 그런 것을 '절망'이라고 해. 몰랐니?"

그렇게 말하고 아버지는 어쩐지 고민스럽다는 듯 눈을 가늘게 뜨고 은행나무와 느티나무 가지를 올려다봤다. 빨강과 노랑, 그리고 갈색 잎이 바람과 희롱하면서 떨어진다.

"너, 매듭짓는 일, 아마 평생 못할 거야."

이해가 잘 되지 않았지만 '흐음' 하고 유키오는 생각했다.

싸늘한 저녁 어둠이 내리기 시작한 숲 속을 걷고 있는데 근처의 나무 그늘에서 펭귄을 배 속에 삼킨 가증스러운 그 거대한 고양이가 금방이라도 튀어나올 것만 같았다.

제3부

멋진 이별

늘 그랬지만 진동이 도지의 몸에 스며들자

어쩐지 자신과 고양이가

눈에 보이지 않는 강의 흐름 같은 것에

함께 몸을 던진 듯한 마음이 들었다.

서로의 머릿속 내용물이

물처럼 형체 없이 흘러나와 흘러간다.

고양이니 사람이니 하는 경계가 모호해지고

도지는 몽을 이해하고 몽은 도지를 이해하며

서로 완전히 경계 없이 녹아들어 안심하게 한다.

1

　　　　　　　　　도지가 예순 중반을 넘긴 해의 가을,
형의 마지막에 입회하기 위해 일주일 동안 집을 비운 적이 있었
다. 고양이 몽이 침을 흘리는 것을 처음 본 것은 장례를 마치고
슬픔에 젖어 집으로 돌아온 날이었다. 그때 몽은 이미 열다섯
쯤 되었는데, 아직도 할아버지 같은 데는 하나도 없는, 커다랗
고 오렌지색 얼룩무늬가 있는 멋진 고양이였다.

　이름을 부르면서 집 안을 뒤졌는데 모습이 보이지 않아서 짐
도 그대로 두고 밖으로 나왔다. 무엇보다 그때까지 그렇게 길
게 집을 비운 적이 없었다. 도지는 그다지 고양이를 편애하는
편은 아니었지만, 일단 무사한 얼굴을 빨리 보고 싶어서 돌아

오는 차 안에서도 마음이 급했다.

집을 비울 때 사료와 물은, 이따금 손이 빌 때마다 정원 일을 도와주는 심부름센터 사람에게 자세한 지시를 덧붙여 집 열쇠와 함께 맡겼다. 그런데 깜빡 잊고 그 사람에게 실내등을 계속 켜놓으라는 부탁을 하지 않았다. 밤에 컴컴한 방 안에 덩그러니 혼자 웅크리고 있는 모습이, 형네 집 이불 밑에서 수없이 떠올랐다.

몽은 마당에도 없었다. 하지만 집 옆을 둘러보는데 파나 잔채소 같은 것을 심은 통로 안에서 낯익은 얼룩무늬가 이쪽을 향해 오는 것이 보였다.

어디 외출이라도 하고 오는지, 고양이답지 않은 묵직한 몸놀림으로 한 걸음씩 포석을 밟고 짧은 꼬리를 늘어뜨리고 멍하니 걷고 있다. 몽은 소리를 내서 이름을 부를 때까지 건물 모퉁이에 서 있는 도지를 알아보지 못했다. 있을 수 없는 일이었다.

도지의 모습을 알아본 순간 고양이의 얼굴에 기묘한 표정이 떠올랐다. 일종의 신중함을 드러내며, 도지가 그곳에 있는 것을 정말로 믿어도 좋은지 망설이는 느낌이었다. 도지가 있을 리 없다고, 자신은 주인의 환영을 본 것뿐이라고 처음부터 포기한 것 같은 표정, 도지가 두고두고 잊지 못할 것 같은 표정이었다.

달려오리라 생각했는데 몽은 걸음을 멈추고 그 자리에 조용히 주저앉았다. 도지가 다가가는 사이, 겸연쩍은 눈빛으로 물 끄러미 쳐다보고 있다.

그리웠던 부드러운 털을 만지자 후유 하고 숨을 쉬는 듯했다. 고양이의 머리에 코를 묻고 햇살 냄새를 맡았다.

"몽, 잘 지냈어?"

작은 목소리로 그렇게 말한 도지는 자신의 부재가 몽에게 걱정했던 것보다 더 깊은 상처를 주었다는 것을 깨달았다. 몽이 두 번 다시 도지를 만나지 못할 거라고 느꼈다는 것을 깨달았다. 첫날 밤이 지나고 이튿날 밤이 지날 때까지는 그래도 아직, 아무래도 상황은 이상하지만 주인이 곧 돌아올 것이라고 낙관했을지도 모른다. 하지만 그대로 나흘, 닷새가 지나자 점점 캄캄하니 영문을 알 수 없어진 고양이의 심리를 상상했다. 사료와 물은 다른 사람이 주는 것 같은데 주인은 사라졌다. 앞으로도 계속 주인은 없을 거라고 생각했을 것이다. 그것은 이 고양이에게 있어서, 뭐랄까 세계가 완전히 뒤집히는 것과 같은 감각이었을 것이다. 그래서 몽은 이렇게 아직 망연자실해 있다.

"일주일 후에 돌아온다고 했잖아. 바보 같은 녀석아, 안 돌아올 리가 없제. 이봐, 너를 두고 안 돌아올 수 있겠나?"

쉰 목소리로 변명을 웅얼거린다. 고양이를 상대하자니 고향 사투리가 절로 나온다.

"사람 아이면 알아듣게 얘기하겠는데……. 어이, 몽, 고양이란 거 불편하구나."

몽은 울지도 않고 노란 눈의 동공을 반쯤 좁히고 도지를 올려다봤다.

쭈그리고 마주앉은 채 머리를 쓰다듬고 목덜미를 쓰다듬고 온몸을 문지르니까 몽의 몸에서 무수한 털이 빠져 석양에 반짝이며 바람에 날렸다.

몽은 여전히 넋을 놓은 모습이었지만, 그러는 와중에 반쯤 눈을 감고 골골거리며 목울대를 울리기 시작했다. 고양이가 이러는 것을 뭐라고 하는지 모르지만 도지는 자기 마음대로 '고양이 울음'이라고 불렀다. 처음에는 작았던 고양이 울음은 서서히 커지더니 마침내 소형 잡종견만큼이나 되는 몸 전체를 공명하며 수염 끝이 가늘게 흔들렸다. 몽이 천천히 마음을 푸는 것이 느껴졌다.

문득 정신을 차리고 보니까 몽은 눈 한 번 깜빡이지 않고 도지를 바라보면서 침을 흘리고 있었다. 침은 그때, 느슨해진 고양이의 양쪽 입가에서 두 줄의 투명한 고드름처럼 매달려 가늘게 흔들리고 있었다. 점점 흘러넘치는데도 그대로 길고 끈끈하게 늘어져 덜렁거리고 있었다.

도지는 놀랐다. 고양이의 침 같은 것은 한 번도 보지 못했다.

"뭐야, 너. 침 같은 걸 흘리고."

별일이다 싶으면서 가슴이 메었다. 털이 잔뜩 묻기 때문에 도지는 웬만해선 몽을 안지 않았지만, 이때만은 애써 차려입은 와이셔츠가 침으로 더러워지든 말든 몽을 안아 올려 한참을 품고 있었다.

고양이는 묵직했고 부드러웠고 따뜻했다. 골골골……. 가늘게 떨고 있었다.

늘 그랬지만 진동이 도지의 몸에 스며들자 어쩐지 자신과 고양이가 눈에 보이지 않는 강의 흐름 같은 것에 함께 몸을 던진 듯한 마음이 들었다. 서로의 머릿속 내용물이 물처럼 형체 없이 흘러나와 흘러간다. 고양이니 사람이니 하는 경계가 모호해지고, 도지는 몽을 이해하고 몽은 도지를 이해하며 서로 완전히 경계 없이 녹아들어 안심하게 한다.

인간에게서는 그런 감각을 느껴본 적이 없었다. 7년도 전에 세상을 떠난 아내 노부에와는, 지금 와서 자랑을 늘어놓아도 소용없지만, 다른 사람들보다 더 사이좋은 부부였다. 마지막 순간을 지킨 후 한동안은 더 이상 살고 싶지 않을 정도로 낙담했다. 그래도 몽과 통하는 것과 같은 형태로 노부에를 이해하진 못했다.

"참 이상도 하지" 하고 도지는 혼잣말을 한다. 대화를 나눌 상대와는 이런 것이 가능하지 않다. 말이 앞서버리면 그 대신 뭔가 소중한 것이 무너져버리는 걸까.

"아주 오랫동안 집에 없었구나."

우스운 얼룩무늬에 반점이 있는 얼굴을 새삼 바라본다. 몽은 태어나서부터 눈 주위와 콧등, 입가의 분홍빛 피부에 크고 작은 검은 점 같은 것이 흩어져 있었다. 도지에게는 곰보 자국도 보조개처럼 보였을 테지만, 그 탓인지 몽은 분명 다른 고양이와는 다른 얼굴 생김새를 하고 있었다.

몽이 한 살이 되기 전에 중성화 수술을 받게 했다. 키우는 사람으로서 꽤나 고민했는데, 조그만 새끼 고양이에서 애완동물이라기보다는 야생동물에 가까운 용맹함을 갖춘 거묘로 성장한 몽을 주변에 폐를 끼치지 않고 오랫동안 계속 키우기 위해서는 다른 방법이 없었다.

틀림없이 그 때문이리라. 몽은 암수를 구별하지 않고 어떤 고양이라도 적의를 드러내며 싸움을 거는 것 외에는 관계를 맺지 못하는 외톨이 고양이가 되어버렸다. 다른 고양이와 고양이답게 사귄다거나 가볍게 노는 일을 전혀 하지 않고 오랫동안 살아왔다. 그 대신 진심으로 마음이 통하는 몇 안 되는 인간에게는 마치 동족을 대하듯 전폭적인 신뢰를 보냈다.

노부에게도 그랬다. 그 밖에 몽이 좋아했던 또 한 사람은,

오래전 새끼 고양이 때부터 수년간 몽에게 이상할 정도로 깊은 애정을 쏟았던 소녀였다. 옆 마을에서 늘 놀러 와서 함께 밥을 먹고 노부에게도 괜히 어리광을 부렸다. 세월이 쏜살같이 흘러 소녀는 아가씨가 되었고, 애인이 생겨 드디어 결혼해 아주 멀리 가버렸지만.

지금은 도지만이 유일하게 남은 몽의 동료다.

몽은 도지의 팔 위에서 털썩 힘을 빼고 몸을 떨고 있다.

도지는 이따금 몽이 가여워 견딜 수 없었다. 몽 자신은 외롭다고 느끼지 않는다. 그야 당연하지만, 자신의 외로움을 깨닫지 못하는 고양이라는 생물이 너무나 가엽게 여겨졌다.

10분도 더 안고 있으니 무거워 팔이 저렸다. 몽을 땅에 내려놓고 일어나 셔츠 앞을 터는데 가는 털이 또 바람에 날렸다.

그 털들이 그대로 민들레 씨앗처럼 바람에 실려 빈터에 떨어져 여기저기서 몽의 아이들이 쑥쑥 태어나면 얼마나 재미있을까. 도지는 그런 말도 안 되는 공상을 하며 흐뭇한 표정을 짓는다. 빈터 한쪽에 건강한 오렌지색 새끼 고양이들이 잔뜩 뛰어다니는 것이다.

이 무렵 이미 도지는 몽과의 이별을 생각할 수밖에 없었다. 그다지 노화의 징조가 보이지 않는다고 해도 열다섯이라는 연령으로 보건대 그리 멀지 않은 게 분명하다.

적어도 이 녀석이 피를 나눈 새끼 고양이라도 남겨주었다면 그나마 견디기 쉬웠을 거라고 또 공허한 마음이 되지만, 기르는 사람이 마음대로 그 싹을 잘라버렸으니까 어쩔 수 없다. 무엇보다 몽의 새끼 고양이를 키우다가 자신의 수명이 먼저 다할지도 모르는 일 아닌가.

2

하지만 그 후로도 몽은 도지의 곁에서 건강하게 몇 계절을 더 보냈다.

그 후 오랫동안 몽이 침을 흘리는 일은 없었다.

도지는 평소에 특별히 나서서 몽을 귀여워하지는 않는다. 몽은 늘 만족한 표정으로 집 안팎을 원하는 만큼 돌아다녔다. 네다섯 칸 건넛집 뒷담 위에 거대한 몸이 보일 때도 있고, 서쪽 밭이랑을 폴짝폴짝 뛰어넘으면서 어디로 달려가기도 한다.

햇볕에 따뜻해진 정원석 위에 드러누워 이리저리 몸을 뒤집으면서 등에 모래를 묻히는 것도 좋아하는데, 그 모습은 마치 거대한 송충이가 몸부림치고 있는 것처럼 보였다.

코와 입 주변의 검은 반점이 지독하게 눈에 띄는 데다 굵은 꼬리가 길다고도 짧다고도 할 수 없는 어정쩡한 상태에서 뚝 잘린 것 같고 게다가 너무 두꺼운 탓에 몽은 일반적인 관점에서는 못생긴 고양이로 보일 것이다.

도지가 집 앞을 치우고 있으면 문기둥 위에 웅크리고 있는 몽을 발견한 통행인이 발걸음을 멈추는 경우가 있다. 아니, 몽을 발견하면 대부분은 발걸음을 멈추고 만다. 하나같이 멈춰서서 '으악' 또는 '어머' 같은 작은 비명을 지르고 그대로 한참 입을 다물고는 무슨 말을 해야 하는지를 생각하는 표정이 된다.

그중에는 공포와 비슷한 감정을 드러내는 사람도 있다. 이윽고 천천히 "대단하네. 엄청 크다"라거나 "멋진 고양이네요. 굉장하다", "털이 매끈하네"라며 도지의 비위를 맞추는데, 귀엽다는 말만은 여태까지 한 번도 들어본 적이 없다.

한번은 앞머리를 노랗게 물들인 낯선 아가씨에게 "이거, 고양이인가요?"라는 질문을 받기도 했다. 도지가 그렇다고 하자 아가씨는 묘한 표정으로 시간을 들여 몽의 머리를 쓰다듬었다. 몽은 곁눈질로 아가씨를 보면서 어떻게든 자신을 고양이로 보이게 하려고 노력하는 모습이었다. 꼬치에 끼운 어묵 같은 꼬리가 이따금 실룩실룩 경련을 일으켰다.

몽은 인간 중에서 '누나'라고 불리는 무리를 무척 좋아했다. 아마도 새끼 고양이 시절에 깊이 인연을 맺었던 소녀를 잊지 못해서일 것이다. 한편 지독하게 싫어하는 것은 '아이'와 '아저씨'다.

하루하루가 변함없이 흘러갔다.

타고나길 성실한 성격 덕에 청소 하나도 손에서 놓지 않았던 도지는 고용 목수로 근무한 건축사무소를 예순다섯에 퇴직한 후에도 시간을 허비하는 경우가 없었다.

매일 밤 술 두 잔을 걸치는 즐거움에다 신변의 뒤치다꺼리를 처리하거나 근처 슈퍼마켓으로 식료품을 사러 가거나 정원을 가꾸는 사이에 무서울 정도로 빠르게 시간이 흘러갔다.

답답한 날도 있었지만 견디기 쉬운 날도 있었다. 고양이가 아니라 누구와 얘기를 나눌 수 있었으면 좋겠다고 생각되는 날도 있었다.

가끔 장기를 두러 오던 옛 동료들도 세월이 흐르면서 하나씩 얼굴을 보이지 않게 되었다.

그래도 이것만 있으면 된다며 도지는 자작으로 잔을 채운다.

술이 돌면 느긋한 행복감이 약속처럼 다가와 방구석에서 등을 돌리고 자고 있는 몽에게 "어이, 몽, 이 바보야, 밥만 축내지 말고 고양이라도 장기 상대 정도는 해라" 하며 시비를 붙인다.

고양이도 이해했다는 듯 꼬리로 툭툭 바닥을 칠 뿐 소리 내어 대답하지도 않는다.

작은 소리로 켜놓은 텔레비전에 먼 남쪽 섬의 새파란 바다와 지붕이 뾰족한 고성으로 이어지는 돌계단의 비탈길이 방영되고 있다. 입 앞에서 잔을 멈춘 채 물끄러미 바라보며 다리가 튼튼한 동안에 나도 한 번은 비행기를 타고 외국에라도 가봐야겠다고 혼잣말을 한다.

잔을 비우고, 네 발도 얼굴도 배도 접어 동그랗게 말고 있는 고양이를 힐끗 보며 한숨을 쉰다. 고양이 님 덕분에 외국은커녕 온천도 못 가겠군.

하지만 사실은, 고양이를 키우지 않았더라도 외국에도 온천에도 결국 가지 못했을 것이라는 사실을 도지는 알고 있었다. 사실은 가고 싶지 않다. 원하는 게 없는 것도 쓸쓸하다. 몽 때문에 못 가는 거라고 생각하는 편이 훨씬 마음이 편하다.

"어이, 몽, 몽몽몽, 몽아, 장기도 못 두고 아무것도 못해도 봐줄 테니까, 너, 적어도 술 상대라도 해라. 응? 술쯤은 고양이라도 먹을 수 있지?"

꼬리가 또 건성으로 다다미를 두드린다.

몽은 집에 온 새끼 고양이 때부터 손이 가지 않는 고양이였다. 돌봐준다고 해야 고작 사료와 물, 그리고 이따금 털을 빗어주는 것이 전부였다.

선조 중에 서양 고양이의 피가 섞여 있는지, 몽은 보통 고양이보다 털이 많고 발도 길다. 늘 가는 애완용품점의 직원에게 추천을 받고 산, 특수 고무로 만든 돌기로 덮인 장갑을 끼고 전신을 빗어주면 한도 끝도 없이 털이 빠졌다.

그렇게 빗을 만큼 빗은 다음에 또 몽에게 진공청소기를 돌린다. 청소기 헤드를 빼고 호스로 직접 빨아들인다.

몽은 소음을 조금도 무서워하지 않을 뿐만 아니라 청소기 빗질을 무척 좋아했다. 빨아들이는 바람과 흡인력이 마음을 편하게 하는 모양이다. 발과 꼬리가 끝까지 호스에 들어가도 눈을 가늘게 뜨고 목울대를 울리고 있다. 귀 주변, 눈 근처에 호스가 다가와도 수염 하나 까딱하지 않는다. 또 온몸에 긴장을 푼 채 하늘을 보고 몸을 쭉 늘인다.

하늘을 보고 누운 몽의 배는 옆으로 퍼져, 온통 갈색 시든 풀로 뒤덮인 풀밭처럼 평평했다. 할아버지인 주제에 쌀알만 한 젖꼭지가 두 줄로 붙어 있고 그 주변만 원형탈모증처럼 털이 없다. 털도 살도, 배 전체가 정말 부드럽다. 외적으로부터 상당히 엄중하게 지키지 않으면 잠시도 못 버티고 찢어져 버릴 것처럼 위태롭다.

"중요한 건 잘 지켜야지. 몽, 네 것은 배는 배인데 드넓은 바다의 배구나."

호스 흡입구에 뱃살이 빨려 들어가 출렁거린다.

골고루 빨아들이는데도 몽이 꼼짝도 하지 않자 오히려 도지가 싫증이 났다.

청소기 스위치를 끄자 몽은 미련이 남은 듯 일어나 직접 털손질을 시작한다. 몽은 자신의 얼룩 털가죽을 무척 소중히 여겼다.

사료에 관해서는 애초부터 건식 사료에 불만이 없던 고양이였다.

아주 오래전에 이것도 애완용품점에서 추천을 받았다. 유명한 수의사가 고안했다는 수입 건식 사료로 바꾼 결과 순식간에 덩치가 커지고 털에도 윤기가 흘렀기 때문에 조금 비싸긴 했지만 오랫동안 이 브랜드만 먹였다.

물은 도지가 떠다 놓는 수돗물도 잘 마셨지만 마당이나 길가에 고인 웅덩이를 발견하면 부지런히 다가가 무척 맛있다는 듯이 그것을 마셨다.

수의사가 추천한 고양이 사료 덕분인지 웅덩이 물 때문인지 몽은 병다운 병 한 번 걸리지 않았다. 오히려 벼룩 한 마리 없었다. 목욕도 하지 않고 벼룩제거제도 사용하지 않았는데 털은 늘 금방 씻은 것처럼 청결했다.

몇 번인가 수의사에게 갔던 것 중 한 번은 살무사에게 물렸기 때문이었고, 나머지는 모두 싸움을 하다 입은 상처 때문이었다.

살무사에게 물렸을 때만은 도지도 무척 놀랐다. 늘 해바라기를 하는 정원석 근처까지 귀를 접고 꼬리를 늘어뜨린 채 걸어온 몽은 일단 그 자리에 멈춰 서서 창 안쪽의 도지와 눈을 맞췄는데, 갑자기 튀듯 구르더니 하얀 거품을 물었다.

병원으로 실어가는 차 안에서, 몽의 얼굴은 잔뜩 일그러지고 부어서 무시무시한 상태였다. 수의사가 진찰해보니 오른쪽 눈 위에 송곳으로 두 번 찔린 것 같은 뱀의 잇자국이 있었다.

그래도 분명 특별한 생명력을 부여받은 고양이인 모양인지 그날 저녁에는 벌써 아무렇지 않은 모습으로 먹이를 먹었다.

3

산딸나무와 동청나무가 심어져 있는 넓지 않은 정원이 몽의 영토다. 경계를 넘어 침입하는 것은 그것이 고양이든 뱀이든 목숨을 걸고 격퇴하고야 마는 과격한 기질이 평소 뚱한 몽의 어딘가에 깊숙이 장전되어 있다.

싸울 때의 몽은 무시무시했다. 몽은 원래 그다지 울지 않았고 울어도 덩치에 비해 소리가 아주 작았다. 그런데 적을 앞에 두면 공룡 같은 형상이 되어 공룡처럼 포효한다. 이상할 정도로 팽팽해진 공기를 짊어지고 온몸의 털을 세워 훨씬 더 커진 덩치로 무섭게 상대를 노려본다.

대부분의 고양이는 몽이 그렇게 위협만 해도 허리를 구부리고 도망쳤다. 때로 이를 드러내는 고양이가 있다 해도 몽은 늘 이겼다. 상처를 입어도 이겼다.

몽을 문 살무사가 어떻게 되었는지는 모르겠으나 두꺼운 구렁이의 사체 조각이 울타리 밑에 굴러다니고 있어서 도지가 치운 적도 있다. 게다가 쭉 훑어보니 아무래도 조각이 부족했다. 10센티미터나 20센티미터는 몽이 먹어치운 게 아닐까 하고 지금도 의심하고 있다.

또한 몽은 자기보다 약한 동물을 괴롭히기를 좋아했다. 도마뱀이나 개구리, 새나 두더지가 그 대표다. 사냥감을 발견하면 잔인한 희열의 빛이 눈에 떠오른다. 배 아래에 공기를 품은 낙하산 같은 체형이 되어, 떠오를 것만 같은 다리를 간신히 땅에 붙이고 있는 것처럼 발톱을 세우고 주변을 붕붕 날아다닌다.

마당만으로 성이 차지 않으면 사냥감을 찾아 멀리 원정을 떠나기도 했다. 대체로 희생물이 된 작은 동물을 전리품으로 의기양양하게 집으로 가지고 돌아온다.

옛날, 몽이 아직 네 살이나 다섯 살이었을 때, 이제 막 털이 난 검은 새끼 고양이를 물어왔다. 그때 몽은 이상할 정도로 흥분해 있었다. 꼼짝 못하게 붙잡고 이빨에서 떼어보니 눈도 뜨지 못한 것 같은 새끼 고양이의 숨은 이미 끊어져 있었다.

도지는 너무나 자기 고양이가 무서워, 한참을 야단치고 사체를 마당 구석에 묻었다. 새끼 고양이를 얻었다가 잃은 몽은 좀 처럼 흥분을 가라앉히지 못하고 정체 모를 불안에 안절부절못 하는 모습으로 이리저리 달렸다.

이 역시 인간의 손으로 생식을 끊어버린 탓일까. 도지는 암 담한 기분이 되었다.

도지도 몽도 조금씩 늙어가고 있었다. 할아버지와 할아버지 가 살면 늙어가고 있다는 것 외에는 이렇다 할 일이 일어나지 않는다.

변화가 부족한 삶 속에서는 계절의 변화가 어쩐지 손님을 맞 이하는 것처럼 겸연쩍게 느껴진다. 작은 정원의 조촐한 개화나 단풍이 도지를 기쁘게 했다.

그래도 긴 비가 이어지면 도지는 나잇값도 못하고 외로움을 타는 날이 있기 마련이다. 그럴 때는 오히려 몽을 귀여워할 마 음이 나지 않았다.

술안주나 옷 정리, 은행 계좌 관리, 정원수의 겨울 대비라는 사소한 일들을 생각할 때는 괜찮은데, 자기도 모르게 문득 마 음이 생활의 영역에서 벗어나 정처 없이 떠돌기 시작하면 대책 이 없다.

철들고 나서부터 도지는 죽음에 대해 생각하는 경우가 많았다.

어렸을 때는 유령이나 도깨비, 어둠, 살인, 납치 같은 모든 공포와 죽음이 하나로 이어져 있었다. 그 모든 것을 그저 무서 워하는 수밖에 없는 약한 이의 어쩔 도리 없는 공포여서 더욱 무서웠다. 이불 속에서 딱딱 이를 부딪치며 떠는 날도 있었다. 밤의 끝없고 깊은 어둠, 농밀함과 비교하면 낮의 빛은 실로 허 무하다는 것을, 이미 본능적으로 알고 있었다. 그 감각은 일흔 이 된 지금도 변함이 없지만.

스무 살 전후의 한때는 젊은이 특유의 오만함으로, 정신을 수련해 이성의 힘을 구사하면 죽음의 공포를 완화할 수 있다고 생각했다. 그에 유용한 책을 닥치는 대로 읽었다. 하지만 무슨 일을 시도해도 공포는 엄습해온다. 주체할 수 없을 정도의 젊 은 활력 바로 옆에서 죽음은 검은 똬리를 틀고 있다. 친구들은 도대체 이것을 어떻게 견디는지 의아했다.

노부에와 결혼하자 죽음은 두 개가 되었다. 노부에의 생명과 이어지는 것은 그 죽음과도 이어졌기 때문이다. 그렇기에 죽음 의 이미지는 미묘하게 변화했다. 공포의 질에서 무엇인가 사라 지고, 무엇인가 더해졌다.

그리고 그 일이 일어났다. 단 한 번 노부에가 품었던 아이는 이 세상의 빛을 보지 못하고 가버렸다. 태내의, 삶과 죽음이 너 무나 강하게 맞붙어 있는 어둠에서, 작은 몸은 끝내 견디지 못하고 부서져버렸다.

그로부터의 세월, 두 사람은 죽음이라고 불러야 할지 어떨지 정하지도 못한 그 죽음의 기억을 안은 채 어깨를 맞대고 살았다. 방 어딘가에 아이가 있고, 아버지이자 어머니였을 자신들을 바라보고 있는 것 같은 느낌도 들었다. 예를 들어 식탁에서 문득 화제가 끊어져 둘 다 무엇에 귀를 기울이듯 침묵을 지키고 있을 때, 혹은 깊은 밤에 혼자 눈을 뜨고 어둠 속에서 아련한 아내의 숨결에 귀를 기울일 때에.

그 아내도 지금은 없다.

1년 남짓한 힘든 투병 뒤, 힘을 다한 노부에를 보냈다. 혼자가 되고 보니, 그것은 뭐라고 표현해야만 할까, 더할 나위 없이 혼자였다. 노부에의 모습이 없어진 것은 어쩔 수 없더라도 둘이서 늘 품어왔던 보이지 않는 아이의 기척마저 더 이상 공기 속에 느껴지지 않아서, 텅 빈 집에 고양이 한 마리만 덩그마니 웅크리고 있을 뿐이었다.

그 후 도지의 내부에서 죽음은 또 모습을 바꿨다. 슬픔이 부풀어 올라 전보다 훨씬 윤곽이 단순해졌다.

그렇다고 해도 눈에 띄게 공포가 준 것도 아니고, 지금은 또 지금 나름대로의 절실함으로 자신의 죽음에 대해 생각하지 않을 수 없었다. 순순하게 수용하는 사람도 있겠지만, 도지에게

174

는 도무지 각오 같은 것이 되지 않았다. 노부에가 기다리고 있다고, 마침내 그 팔에 아이를 안고 틀림없이 자장가라도 부르고 있을 것이라고, 그렇게 생각하며 자신을 격려해도, 광활하고 끝도 없는 그쪽 세계에서 제대로 아내와 아이를 만날 수 있을지도 마음이 놓이지 않았다.

도지가 우울해져서 털에 청소기 돌리는 것을 게을리하면, 몽은 스스로 털 손질을 하고 우걱우걱 풀을 먹고 이따금 풀잎과 함께 털 덩어리를 토해냈다.

정오가 지난 무렵에는 자주 문기둥 위에 올랐고 마음이 동할 때는 지나가는 사람이 머리를 쓰다듬는 것을 허락했다. 함께 산책하는 아주머니들이 "어머, 또 나왔네", "고양이도 이 정도 되면 대단하네"라고 하면서 번갈아 털을 만지는 동안 그리 싫지 않은 표정으로 움직이지 않았다.

여전히 푹신푹신하고 두꺼운 털가죽은 가을 벌판이나 익은 감, 창고의 함석지붕에 생긴 녹 색깔을 하고 있다.

그 색과 구석구석까지 주의 깊게 그려진 것 같은 얼룩무늬, 발톱을 감추고 봉긋하게 말고 있는 앞발을 바라보고 있으면, 인간에게 사랑받게 하기 위해서, 도지가 귀여워하게 하기 위해서라는 명확한 의도를 담아 누군가 몽을 창조한 것이 아닐까 하는 생각이 들었다.

이불 위에는 올라오지 않도록 가르쳤지만, 도지가 다다미에 팔베개를 하고 낮잠을 자기 시작하면 몽은 너무나 자연스러운 얼굴로 어디선가 다가와 내쫓지 못하도록 대부분은 도지의 등에 자기 등을 대고 옆으로 쓰러져 잠이 들었다. 뒷덜미 옆에서 자는 경우도 있었다.

그렇게 몽과 몸을 맞대고 잠이 들면, 도지 체내의 폐쇄 회로를 돌고 있는 혈류가 어느새 개방되어 어쩐지 연결된 고양이와 자기 몸을 타고 빙빙 돌기 시작하는 것 같은, 더 나아가 좀 더 광대하고 막막한 흐름에 녹아들어 몽과 함께 멀리 흘러가는 것 같은 감각이 거듭 끓어오른다.

4

　몽은, 이유는 모르겠지만, 어떤 때에나 어쩐지 희열에 들뜬 얼굴을 하고 있다.

　그런데 어느 날, 도지가 묘한 위화감을 느끼고 몽을 끌어당겨 검은 점이 있는 입술을 들어 올려 보자, 네 개였던 이빨 중에 어느새 오른쪽 위와 왼쪽 아래 두 개가 빠져 붉은 잇몸을 드러내고 있었다.

　이빨을 잃어버린 오른쪽의 윗입술이 남은 아래 이빨에 걸려 몽은 입을 제대로 다물 수 없었다.

　그날부터 도지는 몽에게 생선이나 오징어, 저녁 반주의 안주를 꽤 덜어서 먹게 했다. 고양이용 생선 캔도 주었다. 병 없이 오래 사는 것보다 맛있는 것을 실컷 먹는 쪽이 지금의 몽에게는 최고의 행복일 것이다.

여름이 끝나고 해가 짧아짐에 따라, 몽은 낮에도 자면서 지내는 시간이 점점 길어졌다.

옆으로 누운 자세로 네 발끝과 머리를 살짝 모아 배를 감싼 몽은 거의 동그래진다. 그 형태라고 해야 하나, 둥글게 만 배에서 방사선으로 퍼져가는 얼룩무늬라고 해야 하나, 색이라고 해야 하나, 아무튼 그것은 앵무조개의 껍데기와 흡사했다. 그 '살아 있는 화석'이라고 불리는 생물을 텔레비전에서 봤을 때, 그것이 고양이와는 전혀 다른 진화를 거쳐왔다는 것을 알면서도 몽의 선조가 틀림없다고 도지는 혼자 고개를 끄덕였다.

실제로 몽은 깊은 바다 밑바닥에서 잠자는 앵무조개처럼 편안히 잠을 잔다. 그러면서도 정수리 머리털을 살짝만 만져도 눈을 번쩍 뜨고 도지를 쳐다봤다.

누워 있는 것을 곁에서 보고 있으면 몽의 몸에서는 거의 변화가 느껴지지 않았다. 변함없이 털에 윤기가 나고 귀는 똑바로 서 있다. 하지만 정원을 가로지르는 모습을 창문 너머로 문득 보게 되었을 때, 도지는 어쩔 수 없이 몽이 완전히 할아버지가 되어버렸다는 것을 인정할 수밖에 없었다.

등에서 꼬리로 이어지는 뼈에서 허리 주변의 뼈가 튀어나온 것이 털가죽을 통해서도 드러났다. 몽이 걸으면 살이 빠진 딱딱한 등이 움직인다. 어깨뼈와 튀어나온 허리뼈 사이에서 등골이 휘어 있다. 그 휜 지점에 늘어진 배가 덜렁거린다. 몽은 배라는 커다란 가방을 무겁게 옮기고 있는 것처럼 보였다.

그 배를, 도지는 이따금 문질러 주었다. 복수라도 찬 것은 아닐까 하고 찾아봤지만, 배는 한없이 부드럽고 따뜻했으며 응어리도 없었다. 다만 몸에서 흘러내린 살집이 전부 배가 되어버린 것 같았다.

그래도 몽은 마음만 먹으면 여전히 민첩하게 움직였다. 정원석에서 퐁 하고 뛰어내리기도 하고 불운한 도마뱀 주위에서 경쾌한 낙하산 춤을 추기도 했다.

다른 고양이들이 정원에 들어오는 것은 엄중히 경계하고 경계를 범하는 고양이에게는 공격해 위압을 가했다. 붕 하고 몽이 바람을 일으키면 어느 고양이건 도망갔다.

몽은 실컷 털 손질을 하고 발톱 사이의 털에 얽힌 풀의 씨앗도 열심히 씹어 뽑아냈다. 정원은 지금도 몽의 제국이었다.

11월이 되었다. 며칠째 비가 계속된 후에 씻어낸 것처럼 맑아진 하늘이 펼쳐지는 일이 되풀이되어, 마당은 보기에 사뭇 분위기가 달라졌다. 모과 열매가 한껏 몸을 부풀리고 있는 곁에 배

롱나무의 누런 잎이 힘없이 나뭇가지에 매달려 있다.

그 무렵부터 몽은 안절부절 하루에 몇 번씩 밖으로 나갔다. 도지는 고양이 출입문이 쾅당 하고 닫히는 소리를 밤의 침상 속에서도 가끔 들었다. 아마도 오줌이 마려웠던 모양이다. 도지는 고양이를 수의사에게 데려가기로 했다.

몽은 자동차를 무척 싫어했다. 바닥에서 울려오는 엔진 소리가 무서운 것이다. 청소기 소리와는 뭔가 다른 모양이다. 그래도 동물병원까지 자전거로 가려면 언덕이 많은 길을 30분 이상이나 달려야 하기 때문에, 지금까지도 필요할 때는 억지로 차에 태워 데리고 갔다.

폐차에 가까운 자동차 안에서 몽은 이번에도 공황 상태에 빠졌다. 조수석에 놓은 등나무 케이스 안에서 쥐어짜는 것처럼 울부짖으며 소동을 부린다. 도지는 발작이라도 일으키는 것이 아닐까 걱정되어 결국 케이스 뚜껑을 열었다. 몽은 뒷좌석으로 자리를 옮겼다가 다시 돌아와 앉았다가, 운전하고 있는 도지의 어깨에서 머리로 기어오르려고 하거나 우두커니 뒤로 사라지는 풍경을 바라보다가, 개처럼 혀를 늘어뜨리고 헉헉 하고 절박한 호흡을 시작한다. 수의사에게 도착하기 전에 죽어버리는 게 아닐까 싶어서 도지도 제정신이 아니었다.

만성 신부전 초기라는 것이 수의사의 진단이었다. 나이 든 고양이 대부분이 앓는 병으로 특별한 치료법도 없다고 한다.

"이대로 여러 해를 버티는 경우도 있고 갑자기 나빠지기도 하니까 알 수 없는 일입니다. 지금은 부종도 없고 심장이나 폐, 간 모두 나이에 비해 좋은 상태라 아마도 당분간 별일은 없으리라 생각합니다."

더러워진 흰 가운을 입은 수의사에게서는 낮인데도 술 냄새가 풍긴다.

"이 고양이는 정말 강하니까요" 하고 수의사는 고양이의 머리를 쓰다듬었다.

오래전 몽은 처음으로 싸움을 하고 부상을 당해 치료를 받았을 때, 이 수의사의 손을 물어 등에 꽂힌 주사기를 날려버렸다. 정신을 차린 수의사가 벽에 부딪힌 주사기를 주웠더니 바늘이 보기 좋게 구부러져 있었다.

혈기왕성할 때의 몽은 일단 흥분하면 정말 호랑이 같아서 손을 쓸 수가 없었다. 수의사는 물린 손의 상처를 처치한 후 몽에게 전신마취를 하고 상처를 꿰맸다. 그 무렵에는 아직 수의사의 머리가 찰랑찰랑한 모발로 덮여 있었는데, 그러고 보니 그때도 술 냄새가 났다.

그로부터 20년이 지났다.

도지는 핑크색 플라스틱 상자와 비닐봉지에 담긴 하얀색 고양이 모래를 사서 몽의 화장실을 만들었다. 수고양이에게 핑크색이 어떨까 생각했지만, 뚜껑이 부서지는 바람에 매우 가격이 쌌기 때문에 그것으로 했다.

계단 아래 구석에 신문지를 깔고 상자를 놓아주자 새로운 것을 좋아하는 몽은 기다렸다는 듯이 안으로 들어가 오줌을 쌌다. 그날 안으로 똥도 쌌다.

단단히 각오하고 있었는데, 이상하게도 악취가 없었다. 배설한 것은 단단한 모래 덩어리가 되어 그대로 연소 쓰레기로 내놓으면 된다고 했다. 편리한 게 다 있다. 그 대신 가벼운 모래가 계단 발판이나 복도에 가득 뿌려져 있다.

모래 상자를 놓아주어서 그런지 몽은 은근히 도지에게 응석을 부렸다. 어느 날, 이층에서 내려온 도지가 마침 계단 중간에 동그랗게 몸을 말고 있던 몽에게 말을 걸고, 자신도 중간에 쭈그리고 앉아 한참을 쓰다듬어주었다. 그런 일은 지금까지도 자주 있었는데 어째선지 이튿날부터 몽은 계단 중간에 버티고 앉아 도지를 기다렸다. 도지가 이층으로 올라가는 것을 가늠하고 있다가 계단을 점거하는 것이다.

처음에는 건성으로라도 매일 쓰다듬어주는 시늉을 했던 도지도 점점 걱정이 되어 가능하면 이층에 가지 않으려고 노력하게 되었다.

하지만 아래층 부엌에서 신문을 읽고 있으면 몽은 불안한 표정으로 옆으로 와서 도지의 시선을 잡으려고 한다. 눈을 맞추면 이빨에 걸려 입이 제대로 다물어지지 않는 가여운 얼굴로 무슨 말이라도 하려는 듯 계단 쪽으로 돌아간다. 함께 가서 쓰다듬어달라는 소리다.

여하튼 인간이 쓰다듬어주는 것을 좋아하는 고양이였다. 손바닥에 올려놓을 정도로 작았을 때부터 줄곧 그랬다.

그것을 잘 알면서도 도지는 아무래도 고양이를 보듬어주고 싶지 않은 날이 있었다. 별다른 이유도 없이 살고 싶지 않은 느낌이 드는 날이 있다. 죽는 것도 싫었지만 사는 것도 싫었다.

어느 순간부터 마당에 침입해오는 고양이들은 몽이 위협해도 옛날처럼 당황하는 것 같지 않았다. 온몸의 털을 세운 몽이 다가가면 도망치기는 하는데 그저 이제까지의 습관에 따라 도망치는 것이라고 얘기하는 듯한 여유가 느껴졌다.

나뭇잎이 떨어질 만큼 다 떨어져 훤히 트인 마당에서 얇은 귀를 세우고 해바라기를 하고 있는 몽은 그런 신세가 된 후에도 아직 자신이 누리는 것에 충분히 만족한다는 표정을 짓고 있었다.

5

몽의 위협을 처음으로 무시한 것은 전
부터 자주 모습을 드러냈던 길고양이였다.

상당히 길게 이어지는 아우성이 아무래도 멈추지 않아서 도
지는 마당으로 나갔다. 애기동백 울타리 밑에 쉭쉭 소리를 내며
잔뜩 몸을 부풀린 몽이 있었다. 그 흑백 고양이는 몽이 한 번
뛰어오르면 닿을 곳에 유유히 앉아 뒷발을 핥고 있었다. 도지
의 모습에 경계의 빛을 보였지만 아직 충분히 거리가 있다고 여
겼는지 도망치려고 하지 않았다. 몽은 도지에게 눈빛 한 번 주
지 않고 흑백 고양이를 무시무시한 얼굴로 노려보고 있었다.

도지는 가슴이 아팠다. 꽤나 강한 생명력을 얻어 태어났음에

도 자기도 모르는 사이 생명력이 다해 몽은 마음 둘 곳을 잃었다. 동족을 동족이라 생각하지 못한 채 그래도 역시 동족에 대해 어쩔 수 없이 끓어오르는 것이 있었을 것이다. 복잡한 생각이 너무 깊어 몽은 증오를 불태우는 것 외에는 어찌할 바를 모르게 된 것이다.

도지는 천천히 다가가 한 손으로 배를 떠올리듯 자신의 고양이를 안아 올렸다. 손에 들어온 순간 몽은 얌전해졌다. 길고양이는 조용히 자리를 떴다.

계단으로 데리고 가 등을 쓰다듬어주었다. 딱딱하게 경직되어 있던 몸이 순식간에 부드러워졌다. 배도 쓸어주고 목도 긁어주고 제일 좋아하는 귀와 눈 주변도 오랜만에 시간을 들여 주물러주었다.

몽은 눈을 감고 있었다. 골골대는 소리가 점점 커져 몸 전체가 가늘게 떨리기 시작한다. 이빨 빠진 입가에 침을 잔뜩 머금고 있는 것이 보였다. 침은 드러누워 뒹굴고 있는 몽의 뺨에 난 털 때문에 흘러내리지 않고 둥글게 부풀어 올라 있다.

도지는 5년 전의 일을 떠올렸다. 형의 장례식을 마치고 돌아온 도지를 맞이했던 몽의 고드름 같았던 침. 묵직한 피하지방에 뒤덮여 단단했던 몸. 오렌지색 털 하나하나가 햇빛을 받아 유리 세공처럼 반짝이던 모습. 맞다, 그 무렵에는 도지 자신 속

애도 아직, 지금은 완전히 사라져버린 어떤 반짝임의 흔적이 타닥타닥 타고 있었던 것 같은 느낌이 든다. 그 무렵은, 그 무렵은, 그 무렵은, 하루에 몇 번이나 그 무렵은. 나 참, 최근에는 정신을 차리고 보면 과거를 생각하고 있다.

고양이를 쓰다듬으면서 도지는 자신이 잃어버린 것이 어쩌면 '희망'이라고 불리는 반짝임이었을지도 모른다는 생각에 도달해 당황했고, 혼이 빠져나간 것처럼 멍해졌다. 그 반짝임이 있었기 때문에 앞이 보이지 않는 어둠 속을 어떻게든 여기까지 걸어올 수 있었는데, 지금은 그것도 결국은 도깨비불의 신기루 같은 것에 지나지 않았을까 하는 생각이 든다.

그로부터 몽은 쓰다듬어주면 반드시 침을 흘렸다.

늙은 고양이의 침은 지독한 냄새가 났다. 입을 벌려 보자 쌀알만 한 작은 앞니도 어느새 반쯤 빠져 있었다. 치주염이라고 하나, 잇몸이 빨갛게 염증을 일으키고 있었다.

티슈로 닦아줘도 끈적끈적한 침은 깨끗이 닦이지 않는다. 찐득찐득한 콧등으로 문지르려고 하는 몽을 도지는 얼굴을 찡그리며 자기도 모르게 절로 밀어버린다. 결국에는 쓰다듬어주는 횟수도 줄고 말았다.

몽은 매일 계단 발판 위에 웅크리고 앉아 눈을 가늘게 뜨고 있거나 잠들어 있었다.

6

 고양이와 노인의 심심한 새해가 지나
가고 점점 해가 길어지더니 마당에는 부지런한 휘파람새가 울
기 시작했다.

 마침 그 무렵, 사료를 반쯤 남기기를 이삼일 계속하더니 몽
은 갑자기 새빨간 오줌을 쌌다. 그것은 오줌이라기보다 피, 그
것도 선혈이었다. 하얀 모래가 빨갛게 물들었다.

 놀란 도지의 눈앞을 몽은 꼬리 밑으로 뚝뚝 핏방울을 떨어뜨
리면서 마당 쪽으로 지나가려고 했다.

 곧바로 또 자동차에 밀어 넣고 수의사에게 데려갔다.

 수의사는 요도결석이니 신장 종양이니 방광염이니 이런저런

병명을 늘어놓으며 설명했지만, 결정적인 진단을 내리지 못했다. 결국에는 "어차피 배를 열어보지 않고는 정말 어떤 건지는 모르니까요"라고 말한다.

그래도 무슨 주사를 놓고 무슨 약을 주었다.

도지도 몽의 침을 참으면서 가능한 한 열심히 몸을 쓰다듬어 주었다. 그렇게 일주일이 지나자 몽의 오줌은 간신히 원래 상태로 돌아왔다. 수없이 모래 상자를 드나드는 것은 변함이 없었지만 사료는 다시 신나서 먹게 되었다.

원래 사료를 열심히 먹는 고양이였다. 이가 빠진 뒤에도 거기에는 변함이 없었다. 그 먹성이 도지를 안심시켰다.

하지만 몽은 자신의 영역을 지킬 힘을 잃었다.

침입자들은 당당하게 몽의 코앞을 지나갔다. 몽도 등의 털을 세우고 쉭쉭 위협하는 소리는 냈지만 그 자리에서 움직이지 않고 더 이상 상대에게 달려들지도 않았다.

예전의 그 흑백 고양이는 물론 근처 집에서 기르는 얌전한 고양이까지 마당에 들어와 따뜻하게 데워진 정원석 위에서 해바라기를 했다. 같은 집에서 기르는 고양이 두 마리가 당연하다는 듯 사이좋게 와서 털 손질을 하거나 배를 드러내고 놀았다.

몽은 그것을 물끄러미 보고 있었다.

고양이들은 모래 상자가 들어오기 전에 몽이 자주 그랬듯이 울타리 밑이나 개맥문동 수풀에 오줌을 쌌다.

몽은 그것도 물끄러미 바라만 봤다.

그러고는 갑자기, 어디에 그런 힘이 숨어 있었나 싶어 도지가 놀랄 정도의 민첩함으로 전속력으로 뛰어서 툇마루를 통해 집으로 들어왔다. 그대로 이층 계단을 단숨에 뛰어올라 제일 높은 계단에서 미친 듯 목소리를 짜내 울었다.

야아아아아옹, 야아아아……

그것은 예전에 이웃 고양이들을 공포에 떨게 했던, 그 무시무시한 살육의 의지에 충만한 승리의 함성이었다. 혼자서 털을 세우던 몽은 계단 맨 꼭대기의 허공을 향해 오래오래 꼬리를 끄는 그 승리의 함성을 질리지도 않고 되풀이했다.

그러고 또 혈뇨를 눴다.

몽도 어떻게든 모래 상자에서 볼일을 보려고 노력했지만, 빨간 오줌은 때를 가리지 않고 흘러내려 몽 자신과 도지를 곤란하게 했다. 도지는 꼬리를 뺄 수 있는 구멍을 뚫은 수건으로 기저귀를 채우고 다시 수의사에게 데려갔다.

대머리 수의사는 잠시 생각을 한 후 결국 링거를 놔주었다.

몽은 격렬하게 쌕쌕대고 울부짖어 수의사에게 겁을 줬지만 도지가 혼내자 약이 체내로 들어가는 동안 가만히 참았다. 바늘을 꽂은 어깨부터 가슴까지가 말랑말랑하게 크게 부풀었다.

집에 돌아온 직후에는 승차 스트레스로 피곤해 보였다. 하지만 얼마 후부터 몽은 미친 듯이 모래 상자를 드나들기 시작했다. 상자에서 나오자마자 바로 돌아가는 상황으로 연붉은색의 오줌이 조금씩 나왔다. 쭈그리고만 있지 아무것도 안 나오는 경우도 있었다. 그리고 무엇에 쓴 듯 모래를 파헤쳤다. 도지는 놀라서 그저 보고 있을 수밖에 없었다.

밤이 되어 겨우 조금 진정되자 받은 약을 먹이고 좋아하는 사료를 조금 먹였다. 그 후에는 그저 오로지 몽을 쓰다듬어주었다. 어린아이처럼 품에 안아 흔들어주었다.

몽은 완전히 탈진한 상태였지만 도지를 올려다보는 눈은 의외로 느긋했다. 품 안에서 그 눈을 슬며시 가늘게 뜨고 목울대를 울리고 침을 흘렸다. 그리고 아주 미약하게, 그러고는 점점 크게 골골거리기 시작했다.

몽은 다시 건강해졌다. 적어도 혈뇨는 누지 않았다.

잘게 썬 어묵을 정신없이 먹는 모습을 보면서 도지는 최근 자신이 이따금 고양이를 차갑게 대한 것이 너무 슬퍼서 견딜 수 없었다.

7

부엌 찬장 위에 누군가 노부에의 병문 안으로 과일을 담아 가지고 온 등나무 바구니가 놓여 있었다. 상당히 잘 만들어져서 예전에는 빨래 바구니로 사용했는데, 지금의 소형 플라스틱 바구니로 바꾸고 나서는 쓸모가 없어져 먼지를 잔뜩 뒤집어쓰고 있다.

몽은 옛날, 그 바구니에 넣어 흔들어주면 무척 좋아했다. 5킬로그램이나 되는 몸을 해머던지기 선수처럼 돌리는 데에는 엄청난 체력이 필요하기 때문에 어느새 그런 일은 못하게 되었다.

도지는 바구니를 내려 먼지를 털고 병상에서 일어난 몽을 태웠다.

시계추처럼 흔들어보니 몽이 훨씬 가벼워졌다는 것을 깨달았다. 너무 어지럽지 않도록 조심하며 다다미 위에서 천천히 몸을 회전시켰다. 몽은 약한 원심력에 바구니 바닥에 납작 엎드리면서 좋은 것이 분명한 표정을 짓고 있었다. 유원지의 놀이기구에 탄 어린아이처럼 깍깍 요란을 떠는 것은 아니다. 무뚝뚝한 아저씨가 야한 사진을 보고 희열에 들뜬 표정으로 동공이 좁아진 눈의 노란색이 몹시 투명해 보인다.

회전을 해도 시계추처럼 흔들어도 노란 눈동자는 도지의 눈에서 떨어지지 않는다.

도지가 피곤해서 바구니를 바닥에 놓자 몽은 바로 바구니에서 나왔다. 사실은 좀 더 놀아줬으면 하는 주제에 무엇이든 미련이 없는 태도를 보이는 고양이다. 몽은 수줍음이 많았던 것이다.

사월 말에는 땀이 날 정도로 쨍쨍했다.

다른 고양이가 마당을 제 집처럼 오가는 것을 볼 때마다 몽은 계단 꼭대기로 달려가 큰 소리로 가련한 개가를 올렸다.

얼마 후 그렇게 좋아하던 어묵도 조개관자도 점점 먹을 수 없게 되었고, 일상적인 동작도 어딘가 느린 듯했다.

짧은 털로 덮인 얼굴에서 나이를 느끼게 하는 조짐을 찾기는 어려웠는데, 그래도 역시 몽은 윤곽이 느슨해진 할아버지 얼굴이 되었다. 게다가 이빨에 걸려버린 입이 지금은 대체로 말려 올라간 채로 있었다.

그런 얼굴로도 몽은 과일 바구니가 놓인 찬장 밑에 앉아 가만히 있다. 기다리고 있다. 도지가 바구니에 손을 뻗으면 쓱 일어나 넘치는 기대감을 얼버무리듯 앞발을 뻗어 기지개를 켠다.

회전하는 바구니 속에서 몸을 느긋하게 뉘고 목을 부풀린 몽에게는 아직도 왕과 같은 관록이 있었다. 도지는 하루에 한 번은 반드시 바구니를 흔들어주었는데, 곧 게을러져서 10분도 이어지지 않았다. 그 대신 침 냄새를 참고 쓰다듬어주면 고양이는 그 침에 젖은 작은 혀로 할짝할짝 도지의 손을 핥았다.

여름으로 가는 시기였기 때문에 털이 많이 빠져서 예의 그 청소기를 자주 돌릴 필요가 있었다. 그리고 그것 또한 몽의 행복 가운데 하나였다.

시원하게 빨아들인 후에는 스스로 구석구석까지 정성껏 털 손질을 한다. 눈을 가늘게 뜨고 기분이 좋은 듯 꼬리 끝의 파꽃을 닮은 털도 혀로 빗는다.

털을 빗겨도 빗겨도 몽에게는 여전히 털이 잔뜩 있었고 이상하게도 털에서는 옛날과 마찬가지로 좋은 냄새가 났다. 침의 악취가 아니라 햇살을 가득 받은 밀짚모자 냄새였다.

적어도 이런 시간이 한없이 계속되면 좋겠다. 그 무렵 도지는 그런 생각을 자주 했다. 자신도 몽도 점점 쇠약해져 여분의 것들을 상당히 잃었다. 여분의, 도움이 되지 않는, 많은 아름다움을.

젊어서 그런 것이 주위에 가득하고 동시에 욕망이 만들어낸 거뭇한 그림자도 자욱했던 시절에는, 예컨대 그것의 실체가 도깨비불이었다고 하더라도, 아무래도 '희망'의 빛이 필요했다. 그런 때가 있었다.

하지만 지금은 희망도 욕망도 어둠도 없다. 그저 훤히 보이는 평탄한 길이 최후의 지점을 향해 완만하게 펼쳐져 있을 뿐이었다. 그것도 나쁘진 않았다. 죽음은 어느 날 갑자기 찾아오는 게 아닐 것이다. 왜냐하면 도지는 자신의 끝에서부터 이미 아주 조금씩 죽어가고 있는 느낌이었기 때문이다. 그것 또한 괜찮은 것 아닐까. 모든 게 순조롭다. 어쩐지 몸이 붕 뜨는 것처럼 가볍다. 몽과 마찬가지로 도지도 과일 바구니에 담겨 빙빙 돌려지고 있는 것처럼.

매일 밤, 몽은 모래 상자를 계속 드나들었다. 지금은 그것이 몽의 주된 일과였다.

집 안 어디에 있어도 모래를 파헤치는 소리가 끊임없이 도지의 귀에 도달했다. 모래 상자는 계단 밑 구석에 놓아두었기 때

194

문에 몽은 늘 그 주변 2미터쯤에 머물다 잠들었다.

어쩐지 고양이가 침상을 원하는 것 같아 도지는 어느 날 슈퍼마켓에서 과자가 들어 있었던 것으로 보이는 종이 상자를 얻어서 돌아왔다.

모래 상자 옆에 두었더니 몽은 곧바로 다소곳이 그 안에 들어갔다. 오래된 수건을 깔아주니 더 마음에 든 모양이다. 몽은 대부분의 시간을 종이 상자 안에서 보내게 되었고 모래 상자를 오가는 사이에 거대한 앵무조개가 되어 잠을 잤다. 깨어 있을 때에는 반쯤 눈을 뜨고 도지의 동정을 살폈다. 살펴보려고 상자에 다가가면 그 눈이 고양이다운 기대와 기쁨을 떠올리며 크게 떠졌다.

마당 순찰도 다니고 다른 고양이를 보면 위협도 했다. 그러나 그것은 이미 위협하는 몽에게도 위협을 당하는 침입 고양이에게도 화려했던 과거의 흔적을 드러내는 의식에 불과했고, 몽 자신도 그 사실을 잘 알고 있었다.

몽은 옛날처럼 무시무시하게 위협할 수 없었다. 그저 어디선가 공기가 새는 듯한 소리를 내고는 할 일을 마쳤다는 듯 상대를 그곳에 남겨둔 채 허둥지둥 집으로 들어왔다. 분개에 찬 절규를 지르기 위해 계단을 뛰어오를 체력도 더 이상 없어져 그저 분한 듯 슬픈 듯 마당을 가로질러 종이 상자에 들어갔다. 그러고는 곧바로 일어나 모래 상자로 갔다.

8

　　때때로 오줌이 붉어질 때가 있었지만,
이제는 도지도 일일이 당황하지 않았다. 억지로 수의사에게 데
려가 개 냄새가 배어 있는 진찰대에 올리는 것보다 집에서 가능
한 한 편안하게 해주는 편이 낫다고 생각했다.

　　하지만 몽은 아무리 노력을 해도 점점 사료를 먹지 못했다.

　　원래부터 비가 내리는 날에는 기운이 없었던 고양이라 며칠
동안 이어진 찌푸린 날도 영향을 주었을 것이다. 몽은 사료만
이 아니라 전날부터 물도 마시지 않았다. 모래 위에 쭈그리고
있어도 아무것도 나오지 않았다.

　　왕진은 안 한다고 전부터 얘기를 들었지만, 차에 태워 수의

사에게 데려갈 때마다 몽이 얼마나 약해지는지를 설명하며 도지는 수의사에게 울며 매달렸다.

저녁에 아버지의 부탁을 받았다며 낯선 젊은 수의사가 차를 타고 왔다. 옆 마을의 개와 고양이를 전문으로 진찰하는 병원에서 근무하고 있는데, 그곳에서의 왕진을 끝내고 도지의 집에도 들르라는 전화를 받았다고 한다.

먹지도 마시지도 못한다고 해도 몽은 고통을 느끼거나 괴로워하지는 않았다. 그저 상자 안에 새침한 얼굴로 자리를 잡고 있다.

도지가 부엌 식탁에 낡은 목욕 타월을 깔고 몽을 올려놓자 수의사는 익숙한, 그러나 동물에 대한 기본적인 애정이 담긴 손놀림으로 몽을 진찰했다. 꼬리를 들어 직장으로 체온을 재고, 눈 아래를 손으로 눌러 결막 상태를 조사하는 모습을 보니 술고래 아버지보다 훨씬 듬직했다.

재빨리 처치를 받은 탓인지 오줌을 채취하기 위한 관을 삽입할 때에도 몽은 그다지 저항하지 않았다.

'그 대머리, 이런 아들을 도대체 어디다 숨겨놓고 있었지' 하고 도지는 놀라고 말았다.

청년은 몽의 나이를 듣고 한참을 생각에 잠겼다. 그리고 병원에 하루 입원시켜 장시간 영양제 링거를 맞힐 의향이 있는지를 물었다.

그런 일을 하면 이 녀석은 틀림없이 죽어버릴 거라고 도지가
대답하자 고개를 끄덕이고 "그럼, 오히려 역효과겠네요"라며
진지한 표정으로 말한다.

"솔직히 말해 망설여집니다. 선택의 여지가 몇 가지 있는데
어느 게 최선일지요."

"아, 예."

"가능한 치료를 모두 해서 가능한 한 생명을 연명한다. 이
방법은 입원과 고통을 수반하고, 좀 전의 말씀대로라면 제외해
야겠네요."

연명이라는 말을 듣고 도지는 당황하고 말았다.

"그다음에는 최소한의 통원과 왕진할 수 있는 범위의 치료를
하면서 상황을 지켜보든가, 아니면……."

"예?"

"이대로 두고 하고 싶은 대로 하게 하든가."

"그렇게, 이 녀석, 그렇게 나쁩니까?"

"신부전은 중기 상태이고 간도 그리 나쁜 검사치가 나오지
않았다고 아버지에게 들었습니다만, 스무 살이나 되었고 제대
로 먹지 못하면 일단 각오는 해두시는 편이 좋을지도 모릅니
다. 어디까지나 일단입니다. 현재 심장 소리도 나쁘지 않고 회

복해서 다시 건강해질 수도 있습니다. 하지만 그리된다고 해도 신부전은 확실히 진행될 겁니다."

"멈출 방법은 없나요?"

"유감스럽지만 현재는……. 다소 늦출 수는 있어도, 좀 전에 말씀드렸듯이, 고양이에게는 힘든 치료가 필요합니다."

어떻게 해야 할지 판단이 서질 않았지만 이대로 하고 싶은 대로 둔다는 것이 마치 '포기'한다는 말처럼 들렸다.

결국 수의사는 단시간 투여로 끝나는 링거액 같은 것을 몽의 어깨에 꽂았다. 영양분이 든 것은 아니지만 수분 보충과 요독(尿毒)을 푸는 효과를 기대할 수 있다고 했다. 몽의 등이 또 크게 부풀어 올랐다.

"이 링거를 맞은 후에는 오줌이 많이 나옵니다. 걱정하실 필요는 없습니다만, 몽의 입장에서는 울적하겠죠. 고통이 전혀 없는 치료법은 없으니까요."

내일 또 상황을 보러 오겠다는 수의사를 현관 앞까지 바래다주고 방으로 돌아오자, 몽이 계단을 올라가고 있었다. 발걸음이 의외로 든든했다. 두껍고 짧은 꼬리와 이어진 타원형의 뚱뚱한 몸통을 보면서 도지는 우두커니 서 있었다. 머릿속에 아무 생각도 떠오르지 않았다.

부엌으로 돌아와 식탁 위를 정리하고 그곳에 팔을 괴고 한참 마당을 바라보고 있었다.

한 시간쯤 지나도 몽은 이층에서 내려오지 않았다.

위에다 대고 이름을 불렀지만 대답도 없다. 이런 일은 평소에도 자주 있었다. 완고하게 침묵을 지킨 채 찾아다니는 도지를 숨은 장소에서 몰래 내다보며 즐기고 있는 것이다.

하지만 지금은 경우가 경우인지라 그냥 놔둬서는 안 되기에, 도지는 조금 화를 내면서 창고를 끼고 동서로 나눠진 방을 오가며 찾았다.

몽은 서양식 방에 놓인 침대 밑에 다리를 쭉 펴고 누워 있었다. 이쪽으로 엉덩이를 보이고 있다. 다시 부르니까 우선 꼬리가 대답을 한 후 몸은 그대로 두고 얼굴만 돌려 도지를 봤다. 어둠 속에서 눈이 번뜩였다. 하지만 다시 머리를 바닥에 놓았다.

오줌 냄새가 났다. 손을 넣어 만져보니 털이 완전히 젖어 있었다. 그대로 두 뒷발을 잡고 천천히 끌어내자 그다지 궁색한 표정도 아닌 고양이가 질질 끌려 나온다.

서둘러 낡은 타월을 가지러 갔다. 돌아오니 몽은 또 침대 밑에 들어가 있었다. 역시 이쪽으로 엉덩이를 보이고 있다. 몽이 주인을 꺼리고 가만히 놔두길 바라는 게 분명했다.

침대는 노부에가 요양 중에 사용한 높이가 꽤 되는 철제 프

레임이었지만 그래도 도지가 기어 들어갈 만한 공간은 없다. 겨우 머리와 어깨까지만 밀어 넣고 가능한 범위에서 몽의 몸을 닦았다.

곧 허리가 아팠지만 참고 바닥도 닦고 또 다른 마른 타월을 옆에 깔아주었다. 총명한 고양이니까 이러고 있다가 더 상쾌해질 거라는 것을 알면 스스로 타월 위에서 잘지도 모른다.

고양이가 계단을 오르내리지 않아도 되도록 계단 밑에 있는 모래 상자와 보금자리로 사용하고 있던 종이 상자를 안고 와서 침대 발치에 놓았다. 으깬 갈치와 더운물도 다른 쪽에 놓았다.

"몽아, 이거 봐라. 조금만 먹어볼래?"

그야말로 고양이를 어르는 목소리로 속삭인다. 들었다는 표시로 꼬리만 반응해 몇 번인가 바닥을 쳤다.

9

이튿날 아침, 몽은 상태가 상당히 좋
아 보였다.

여전히 침대 밑에 웅크리고 있었지만 도지가 방에 들어오면
살그머니 나왔다. 쓰다듬어주면 흐뭇하게 눈을 떴다. 링거를 맞
았던 응어리는 없어지고, 어제 더러워졌던 털도 폭신하니 깨끗해
져 냄새도 없어졌다. 아무래도 열심히 털 손질을 한 모양이다.

그 후에는 기운도 났는지 모래 상자에 오줌 덩어리가 몇 개
나 있었다. 물도 꽤 줄어 있었다. 하지만 음식에 입을 댄 흔적
은 없다. 그릇 가운데에 딱 한 입 크기의 생선이 놓인 형태 그
대로 남아 있었다.

그날의 대부분을 몽은 침대 밑에서 지냈다. 종이 상자에도 들어가지 않고 깔아놓은 타월에도 올라가지 않고 바닥 위에 웅크리고 있었다. 그리고 수도 없이 모래 상자를 드나들었다. 어두운 곳이 오히려 편안한가 보다고 생각해 도지는 창 커튼을 반쯤 닫아두었다.

먹을거리의 종류를 바꿔 여러 번 날랐지만, 몽은 도무지 먹으려 하지 않았다. 냄새를 맡으려고도 하지 않았다.

물은 잘 먹었다. 물에 소량의 탈지분유나 우유, 혹은 치킨 수프를 섞으면 더 이상 먹지 않았다. 비타민제를 부숴 놓아봤는데 역시 소용없었다.

몽의 모습은 편안했다. 침대 밑에 들어가고 싶어 하는 것을 제외하면 언뜻 보기에는 평소와 다름없다. 왜 그리도 완강하게 음식을 거부하는지 도지는 알 도리가 없었다.

도지는 쇼핑을 나가 아기들이 먹는 식품 몇 종류를 샀다. 애완동물 식품 매장에서 '아기 고양이 우유'를 발견하고 그것도 샀다. 하지만 그런 것들로 시선을 끌어도 몽의 식욕을 회복시킬 수는 없었다.

쓰다듬어주어도 몽은 평소처럼 곧바로 골골거리지 않았다.

그래도 조용히, 묵묵히 계속 쓰다듬어주면 그제야 문득 목언저리에서 그 시작의 조짐이 생긴다. 몽은 반쯤 눈을 뜨고 침을 흘리며 느긋한 몸을 더욱 느긋하게 뉘었다. 처음에는 미약한 떨림이 점점 커지면서 몸통 구석구석까지 천천히 퍼져간다. 그 모습을 보고 있으면 도지는 언제나 이 고양이 울음은 어딘가 먼 세계에서 몽에게 찾아오는 것이라는 느낌이 들었다.

몽은 고양이 울음을 받아들이는 몸이었던 것이다.

저녁에 다시 젊은 수의사가 왕진을 왔다.

이층에서 안고 내려와 식탁 위에 놓자, 몽은 체념한 표정으로 링거 바늘을 받아들였다. 약이 똑똑 몽의 몸으로 들어가는 사이에 도지는 몽의 어젯밤 상태를 수의사에게 자세히 말했다.

"어제 오줌을 가지고 돌아가 조사했는데, 균은 나오지 않았습니다. 그러니까 방광염은 아닙니다. 그런데도 하루 종일 모래 상자에 드나든다는 말은 역시 신장 기능과 관련이 있거나 신경적인 문제가 있을 수 있습니다. 모래에 쭈그리고 앉으면서 아파하거나 괴로워합니까?"

"아니요, 특별히 그러진 않습니다. 아무것도 안 나올 때에는 살짝 짜증스러운 얼굴을 합니다만."

"방광염이면 괴로워하니까 앞으로도 주의해서 봐주세요. 일단 지금은 사료를 먹지 않는 게 가장 걱정이네요."

청년이 얼굴을 뚫어져라 보고 있는 사이에 몽은 자연스럽게 시선을 피했다.

"영양제 링거를 놓으려면 지난번에도 말씀드렸다시피 입원을 해야 하니까 무리이고, 이 밖에 가벼운 영양식이라는 게 있긴 합니다."

"하지만 어쨌든 아무것도 입에 넣으려고 하지 않는데요."

도지는 귀까지 포함해 고양이의 머리를 문질렀다.

"튜브에 들어 있는데, 치약 같습니다. 그것을 손가락에 짜서 고양이의 잇몸이나 입 주변에 조금 묻혀주면 됩니다. 그러면 핥아 먹으니까요. 다만 그리 맛있지는 않습니다."

도지는 그것을 받기로 했다. 내일 아침, 아버지의 동물병원으로 받으러 오라고 했다.

"선생님, 죄송하지만 내일도 와주실 수 없나요?"

수의사를 현관 앞까지 배웅하면서 도지가 말했다.

복도를 돌아오려고 하자 등이 부푼 몽이 다시 열심히 계단을 오르는 것이 보였다.

그러고는 어젯밤과 같은 일이 되풀이되었다. 몽은 침대 밑에서 축 늘어져 오줌을 지린다. 도지가 보살펴주면 귀찮다는 태도를 보인다. 먹을 것과 물도 탐탁지 않아 한다. 그리고 이튿날 아침이 되면 부은 등도 낫고 언제 그랬냐는 듯한 태도였다. 밤 동안에 털 손질을 마치고 모래 상자에 오줌을 누고 물도 마셨다.

받은 영양식은 초콜릿 색깔이라는 것만 빼면 정말 치약과 똑같았다. 핥아 먹어보니 보리밥과 닭고기가 섞인 것 같은 맛과 냄새가 난다. 고양이의 취향 따위는 전혀 고려하지 않았다고 생각될 정도로 지독하게 맛이 없다.

몽이 모래 상자에서 나오는 것을 붙잡았다. 주인이 그리도 돌봐주고 싶으면 맘대로 하라는 눈빛이다.

소량을 손끝에 짜서 윗입술을 들어 올려 잇몸에 발랐다. 그러자마자 몽은 펄쩍 뛰어올라 머리를 좌우로 뒤틀며 험악한 형상으로 입을 열었다 닫았다 했다. 그리고 곧바로 주인에게 등을 돌리고 침대 밑으로 들어갔다. 그래도 어쨌든 칠한 만큼은 먹은 것 같다.

두세 시간 간격으로 도지는 마음을 단단히 먹고 튜브에 든 영양식을 몽에게 칠했다. 그때마다 몽은 뛰어올랐고 괴로운 듯 입을 오물거렸다. 그 동작이 사라질 때까지 5분은 걸렸다. 음식을 받아들이지 않겠다는 강력한 생리작용이 고양이의 몸을 지배하고 있는 것처럼 보였다.

그렇게 괴로워한 주제에 도지가 다정하게 부르며 쓰다듬으면 몽은 늘 기분 좋게 몸을 풀었고 수없이 속으면서도 튜브 음식을 먹었다. 도지는 그렇게 자신을 믿어 의심치 않는 몽을 속이는 것이 싫었다.

저녁에 청년 수의사가 왔을 때 전말을 얘기하면서 도지는 자기도 모르게 눈가를 눌렀다. 몽은 아직 이층에 있었다. 수의사는 평소와 마찬가지로 진지한 표정으로 팔짱을 끼고 있었다.

"몽을 위해 어떻게 해주는 게 가장 좋은지, 사실은 벌써 정해져 있지 않습니까? 다만 너무 힘든 결정이기 때문에 수의사인 제게 의견을 물어보시는 게 아닌가요?"

도지는 뭐라고 대답하면 좋을지 몰랐다. 누웠다 싶으면 다시 일어나 비틀거리면서 모래 상자를 드나드는 몽의 모습이 떠올랐다. 링거를 맞은 후에 커다랗게 부풀어 오른 등으로 계단을 올라가는 모습이 떠올랐다. 튜브 영양식이 칠해져 초콜릿 색깔 침으로 범벅이 된 입을 열었다 닫기를 반복하는 모습이 떠올랐다.

"그렇다면 저는 주저 없이 몽이 원하는 대로 해주라고 권하고 싶습니다. 만약 몽이 제 고양이였다면 더 일찍 그랬을 겁니다."

청년은 이층으로 올라가 침대 밑의 몽을 불러내 손을 내밀어 머리를 쓰다듬었다. 그것뿐 진찰은 하지 않고 돌아갔다.

10

각오를 하자 도지의 마음에 잠시 평온
이 찾아왔다. 이제부터는 몽이 좋아하는 것과 싫어하는 것을
정하자. 좋아하는 것을 조금이라도 늘리기 위해 뭐든 하자. 그
렇게 생각했다.

이제 길지는 않을 것이다. 어떤 존재가 몽을 반환해가려고
지금 도지를 채근하고 있다. 어떤 존재가, 그 차진 얼룩무늬를
몽의 몸에 정성껏 그리고, 가을 낙엽 색깔을 그 털에 부여하고,
그 노란 눈동자와 굵은 꼬리도 만들어낸 어떤 존재가.

돌려주고 나면 몽은 소멸한다. 얼룩무늬도 낙엽 색깔의 털
도 눈동자도 꼬리도, 그리고 그 눈과 입 주변의 검은 점도 모든

것이 사라진다. 각오와는 별개로 도지는 아직 아무래도 그것을 받아들일 수 없었다.

몽은 더 이상 그 방에서 나오려고 하지 않았다. 종이 상자에 도 들어가지 않았고 깔아놓은 타월에도 올라가지 않고 침대 밑에서 잠만 잤다. 앵무조개처럼 동그랗게 몸을 말지도 않고 네 다리를 내던지고 드러누워 있다. 그리고 수없이 일어나 모래 상자를 드나들었다.

매일 도지는 대부분의 시간을 고양이 옆에서 우두커니 보냈다. 노부에를 떠나보낼 때의 기억만이 또렷이 떠올랐다.

밤에 이불에 들어가기 전에는 이것이 마지막 보는 것이 될지도 모른다는 생각에, 그 낯익은 얼굴을 바라봤다.

하지만 예상과 달리 그러고도 일주일, 몽의 상태에는 별다른 변화가 없었다. 침대 밑과 모래 상자를 왕복하고 주어지는 모든 음식을 거부하고 물만 마셨다.

축 늘어져 있구나 싶다가도 어떤 때는 의외로 아무 일 없다는 얼굴로 부지런히 털 손질을 하는 경우도 있었다. 그럴 때는 들여다보는 주인을 무슨 용건이라도 있느냐고 묻는 것처럼 돌아다봤다. 고양이가 너무나 한가로웠기 때문에 어쩌면 이대로 낫는 게 아닐까 하고 도지는 씁쓸한 희망을 품지 않을 수 없었다.

몸만은 점점 야위어갔다. 털에 덮여 있는데도 그것만은 알
수 있었다.

도지는 아무것도 손에 잡히지 않았다. 저녁에 술을 한잔 걸
칠 때도 있었지만, 술맛이 변해버렸다. 게다가 그 맛없는 술을
서너 잔 마시고 만다.

도지는 특별한 이유는 없지만 고양이 울음이 찾아오는 동안
에는 몽이 죽지 않을 것이라고 생각했다. 하루에 몇 번씩 몽을
만졌다. 어깨와 허리뼈와 파편처럼 튀어나온 몸을, 힘을 주지
않도록 조심스럽게 문질렀다. 무슨 짓을 해서라도 고양이 울음
을 불러와야만 한다. 그렇게 필사적으로 고양이 울음을 시키는
것이 오히려 고양이를 피곤하게 만드는 게 아닐까도 생각했지
만, 그래도 한때의 안도가 필요했다.

각오를 했다고는 해도 어차피 그 정도 수준이었던 것이다.

일주일이 지나고 청년 수의사가 상태를 보러 왔을 때, 도지
는 한심하게도 또 찔끔 눈물을 보이고 말았다. 아직 학생 티가
남은 이 수의사에게 어째서 이렇게 매달리는 마음이 생기는지
자신도 알 수 없었다.

수의사는 전과 마찬가지로 팔짱을 끼고 노인의 불평을 끝까
지 듣고 말했다.

"슬프지만 이것은 어쩔 수 없는 일입니다. 하지만 불안하거나 무서워할 일은 아닙니다. 지금 일어나고 있는 일은 아주 자연스러운 일이니까요. 그렇죠?"

젊은 목소리로 말하는 '자연'이라는 단어는 어쩐지 새롭게 느껴졌다. 도지는 그 말이 지닌 순수한 안도감을 새삼 떠올렸다. 그런가, 자연스러운 일인가.

이상할 정도로 마음이 편안해진다.

이층으로 올라가 침대 밑 몽의 몸을 가만히 쓰다듬는 수의사를 보면서 도지는 이 젊은이가 대머리 수의사의 아들이 아니라 자신과 노부에 사이에서 태어난 아들이었으면 얼마나 좋을까 하는 생각을 기어이 하고 말았다.

열흘이 되어도 몽은 여전히 침대 밑에서 물만 마시고 모래 상자를 드나들었다. 모래 상자를 넘으려다가 허리가 비틀거릴 때도 있었다.

그렇게까지 해서 모래 상자에 쭈그려도 오줌은 나오지 않거나 나와도 참새 눈물만큼이었다. 그 대신 몽이 깨닫지 못하는 사이에 오줌은 줄줄 조금씩 새어 나와 누워 있는 몸의 털을 적셨다. 몽이 스스로 털 손질을 해도 또 금방 젖는다. 하지만 몽은 타월로 닦아주려고 하면 대단한 실례라는 듯 안쪽으로 들어가 버린다.

물밖에 마시지 않는 몽은 침대 밑에 틀어박힌 후로는 한 번도 똥을 누지 않았다. 오줌도 그저 익은 복숭아 같은 희미한 냄새가 날 뿐이었다. 어두컴컴한 방에 달콤한 오줌 냄새가 가득 찼다.

　따뜻한 맑은 하늘이 이어졌다. 마당은 싱싱한 녹음으로 덮였고 산딸나무가 새하얀 꽃을 피웠다. 바람에 흔들리는 잎사귀와 햇살, 하늘에 떠 있는 구름을 몽은 벌써 오랫동안 보지 못했다.

11

두 주가 지나고 그래도 아직 몽이 물을 마시고 몇 번인가 모래 상자에 들어가려도 발버둥을 치는 모습을 보면서 도지의 마음은 다시 불안으로 가득 찼다.

자신이 역시 틀린 게 아닐까. 수의사의 말을 믿고 몽이 싫어하는 치료를 전혀 하지 않은 것은 큰 오산이 아니었을까.

물만 마시고도 이렇게 오래 살 수 있다면 억지로라도 영양을 주면, 어쩌면 다시 회복할 가능성도 있는 게 아닐까. 조금씩 약해지고는 있지만 그것은 병 때문이라기보다 오히려 굶었기 때문이 아닐까. 먹지 않으면 약해지는 것이 당연하다. 나이에 비해 심장이나 간은 튼튼하다고 했다. 원래 강한 고양이다. 벼룩

조차 붙지 않을 정도로 면역력도 강하다. 그렇게 쉽게 죽을 리 없다. 두 주 이상이나 물만 먹고도 견디는 것이 그 증거 아닌가. 사료만 먹으면 아직 더 살 수 있을 것이다.

계속해서 그런 생각이 끓어올랐지만 도무지 어떻게 해야 좋을지 몰랐다.

모래 상자에 가기 위해 또 일어나려는 고양의 눈에 조용한 기력이 차 있는 것을 보면 고양이가 죽을병에 시달리고 있다는 게 아무래도 의심스럽게 여겨진다.

결심을 하고 받았던 튜브 영양식을 다시 한번 시도해보기로 했다.

모래 상자에서 기어 나오는 것을 잡아 한참을 쓰다듬어 방심하게 한 다음에 소량을 입 주변에 묻힌다.

전과 마찬가지로 반응은 싫다는 것 이상이었다. 몽은 극약이라도 만진 것처럼 튀어 올라 무시무시한 형상이 되어 괴로워했다. 귀까지 찢어진 입을 벌렸다 닫았다 하며 초콜릿 색깔의 침을 흘렸다. 작은 혀를 내밀자 그 표면이 하얀 가시로 가득 덮여 있는 것이 보였다. 원래 고양이의 혀에는 까끌까끌한 가시가 있지만 어찌된 일인지 그 가시가 증식해 혀 전체가 하얗게 되어버렸다. 몽이 음식을 거부한 것은 혀가 이렇게 되었기 때문일지도 모른다.

튜브 영양식이 소용없다는 것을 알면서도 도지의 망설임은 사라지지 않았다. 싫어한다고 해도 지금부터 억지로라도 입원시켜 영양제 링거를 맞게 하면 혀도 건강해지지 않을까. 그러면 스스로 사료를 먹을 수 있게 되지 않을까.

지난 두 주 동안, 죽음을 향해 걸어온 몽을 여기서 다시 돌이켜 삶 쪽으로 돌아가게 하는 것은 지독히 잔혹한 일처럼 여겨진다. 그렇다고 해도 이대로 다시 살 가능성을 무시하고 죽음으로 이어진 길을 곧바로 가게 하는 것도 역시 잔혹한 일처럼 여겨진다.

"몽, 너를 어쩌지. 부탁이니까 어떻게 해야 좋을지 알려줘."

"야옹" 하고 몽이 울었다. 침대 밑에서 야생의 짐승 같은 눈이 황금색으로 빛난다.

망설이면서 20일이 지났다.

몽은 아직 되풀이해서 모래 상자를 드나들었다.

모래 상자에 들어가는 것과 오줌을 누는 일은 전혀 관계가 없는 일이 되어버렸고, 오줌은 늘 조금씩 흘러나왔다. 그래도 모래 상자를 드나들었다.

침대 밑은 오줌과 흘러넘친 모래로 무척 더러웠기 때문에 도지는 있는 힘껏 팔을 뻗어 닦아내어 청소를 했다.

땀이 번들거릴 정도의 날씨에도 창을 열어놓으면 몽은 추워하는 것 같았다. 그런 주제에 깔아놓은 타월에는 올라가지 않고 바닥에 젖은 몸을 가만히 뉘고 있었다.

몽은 거의 자지 않는다. 침대 밑의 어둠 속에서 대체로 눈을 슬며시 뜨고 있었다. 부르면 작은 목소리로 예의 바르게 대답을 한다. 목소리로 답하지 않을 때는 꼬리로 바닥을 치는 것으로 답한다.

그리고 몽은 점점 물도 마시지 않았다. 새하얗게 된 혀가 물조차 거부하기 시작했는지도 모른다.

아마도 타액조차 제대로 넘기지 못하는지 침으로 젖은 턱과 끈적끈적한 털이 뭉쳐져 딱딱하게 말라서 가시처럼 서 있었다. 일단 굳은 털은 더운물에 적셔 꼭 짠 타월로 닦아도 좀처럼 원래대로 돌아가지 않았다. 야윈 얼굴이 털의 가시로 덮인 몽은 고양이인지 고슴도치인지 알 수 없을 지경이 되었다.

몽은 그렇게도 좋아하던 털 손질을 포기하고 오줌을 흘린 채 꼼짝도 하지 않았다.

이 무렵부터 도지는 밤에도 두세 시간 간격으로 고양이의 상태를 보러 왔다. 방에 들어와 침대 밑을 들여다볼 때까지의 한순간, 금방이라도 숨이 끊어지는 게 아닐까 겁이 난다. 그 두려움 속에, 하지만 여전히, 이젠 됐다는, 이젠 끝내도 된다는 생각이 뒤섞였다.

"몽."

"야옹."

부르면 대답이 돌아온다. 꼬리도 툭툭 흔든다.

손을 넣어 기도하는 심정으로 살며시 쓰다듬기 시작하면 역시 조용한 고양이 울음이 시작된다. 쇠약한 고양이의 몸 깊은 곳에서 고양이 울음이 처음으로 반짝 불을 켜는 순간이 도지에게는 매번 기적처럼 느껴졌다.

그리고 며칠이 더 지났다.

모래 상자를 넘지 못하게 되었는데도 몽은 두 앞발만을 상자 안에 넣고 오줌을 누려는 표정을 지었다. 상자 밖에 남겨진 뒷발 사이로 똑똑 두세 방울이 떨어진다. 그것으로 만족한 모양이었다. 그대로 다리가 꼬이면서 쓰러져버린 경우도 있다.

도지는 수의사에게 전화를 걸었다.

찾아온 수의사는 이층으로 올라가 몽의 상태를 말없이 관찰했다. 도지는 수의사의 얼굴을 보는 순간 조건반사처럼 울어버리고 말았다.

"안락사를 시키고 싶다는 상담이신가요?"

아무 말도 하지 않았는데 청년이 물었다. 노인은 고개를 끄덕이고 죄가 드러난 인간처럼 그대로 고개를 숙였다. 몽은 침대 밑에서 이쪽을 보며 누워 있었다.

"약을 주사하면 고통 없이 심장이 멈춥니다. 그편이 낫겠다고 말씀하시면 곧바로 처치하겠습니다."

이미 결심은 했지만 그런 식의 이야기를 들으면 다시 혼란스럽기 마련이다. 도지는 쥐어짜듯 물었다.

"이 녀석이 선생의 고양이라면 어떻게 하시겠습니까? 이렇게 오래 괴로워했고 앞으로도 괴로울 텐데 그대로 두시겠습니까?"

아무래도 안 되겠다. 눈물이 배어 나온다. 이 젊은이에게 매달려 울며 무너져선 안 되는데.

"음." 수의사는 잠시 생각에 빠졌다. "저는 몽이 그리 괴로워하는 것처럼 보이지 않습니다. 주인이신 어르신이 지독하게 힘들어하시는 건 잘 알겠습니다만."

도지는 젊은이를 바라봤다. 어안이 벙벙함과 동시에 놀랐다.

"여기 좀 보세요. 몽의 저 얼굴, 저게 괴로운 얼굴인가요?"

고슴도치 얼굴의 움푹 팬 눈이 '왜? 뭔데?'라고 묻는 것처럼 이쪽을 보고 있다.

"저건, 저 녀석은 배짱이 두둑한 녀석이라 드러내놓고 괴로워하지 않아요."

218

말로는 그렇게 대답했지만 확실히 수의사의 말이 맞다. 도지가 멋대로 괴로울 거라고 결정했을 뿐이지 튜브 영양식을 칠해줄 때 빼고는 몽이 괴로운 표정을 짓는 것을 본 기억이 없다.

"마침 지금 기분이 괜찮은 건가요?"

"아니, 그러니까, 늘 저런…… 표정인데요."

"틀림없이 몽은 이미 결정했을 겁니다. 벌써 아무것도 먹지 않는 걸 보면. 조금 전의 질문 말인데, 제가 주인이라면 이렇게 자연스럽게 스스로 떠나려고 하는 고양이에게 어떤 인공적인 수단도 취하지 않을 겁니다. 하지만 고양이보다 선생님이 견디기 힘드시면 지금 당장 보내주죠. 선생님 고양이니까요."

다시 '자연'이라는 단어가 청년의 입에서 나와 도지의 가슴에 떨어졌다.

어쩔 수 없는 일이니까, 그러니까 이것으로 된 거니까 하고 누군가 다정하게 얘기해주는 감촉이 '자연'이라는 어감에 잔뜩 담겨 있었다.

결국 청년은 몽의 머리를 만지며 다시는 못 만날지도 모르겠구나 하고 이별 인사를 하고 돌아갔다.

12

물도 마시지 않고 몇 날 며칠을 살 수
는 없다. 오줌이 나오는 것으로 봐서 몽은 틀림없이 도지가 보
지 않는 틈에 뭔가 조금씩 마시고 있는 게 분명하다. 그러고 보
니 찻잔에 담아 놓아두는 물이 어느새 줄어 있는 것도 같다.

몽이 침대 밑에 틀어박혀 있은 지 벌써 한 달, 몽은 정말 물
로만 연명했다.

힘들 것이다. 혀도 아플 것이다. 얼굴에 가득한 털이 뾰족뾰
족 굳었고 오줌은 흘러나왔다. 이제는 도와주지 않으면 모래
상자에도 가지 못한다. 그런데도 무슨 이유인지 그 전부를 남
의 일처럼 느끼는 천성의 힘이 이 고양이에게 있는 듯하다. 조

금도 긴박감이 없다. 너무나 기묘한 편안함이다.

지금도 도지는 판단할 수 없다. 처음에 억지로라도 입원시켜서 가능한 치료를 모두 받게 하는 편이 나았을 것 같은 생각이 든다. 한없이 꾸역꾸역 생각한다. 이따금 발작적인 후회가 엄습해온다. 도지의 피로도 거의 한계였다.

장마가 늦게 시작되어 창밖에는 초여름의 햇살이 나무들 위에 눈부시게 쏟아졌지만, 도지는 몽과 함께 캄캄한, 물건의 형태도 구별되지 않는 어둠 속을 터덜터덜 걷고 있는 듯한 느낌이었다. 정처 없이 춥고 슬프고 피곤했다.

하지만 동시에 이 무렵부터 도지는 이상하게 기묘한 현상을 점점 자각하고 있었다. 불안으로 가득 찬 어둠 속에서 고양이의 눈동자가 마치 불타오르는 노란색 도깨비불, 아니 고양이불처럼 앞으로, 앞으로 도지를 인도하는 것이다.

정신을 놓은 듯 주저앉아 있는 도지를, 몽은 종종 침대 밑에서 가만히 관찰했다. 눈을 뜨고 있을 때는 대체로, 아무리 봐도 질리지 않는 듯 고슴도치 얼굴로 주인을 봤다.

몽의 눈에는 불만도 불안도 비관도 없다. 언어를 갖지 못한 생물의 비밀에 가득한 끝 모를 눈이다. 이 세상과 저세상을 잇는 통로가 열려버린 것 같은 눈이다.

그 눈이 도지를 자꾸만 꾀고 있는 것이다. 찢어진 동공의 어두운 틈으로 고양이의 이상한 전파인지 신호인지가 흘러나와 이쪽의 뇌리에 곧장 스며든다.

'괜찮아, 괜찮아, 이제 가자.'

그러자 도지의 귓가에 청년 수의사의 목소리가 들린다.

"아주 자연스러운 일이니까요. 그렇죠?"

그런가, 괜찮은 건가. 도지는 정신을 차린다. 내가 걱정해주지 않아도 이 녀석은 자신이 하고 싶은 것을 할 것이다. 나는 그저 가만히 옆에 있어주면 그만이다.

도지가 고양이를 간호한다기보다 고양이가 도지를 간호하고 있다고 설명할 수는 없지만, 그런 분위기가 분명히 존재했다.

대단한 녀석이라는 생각이 들 수밖에 없다. 어쨌든 20년이나 살아서 도깨비 같은 지혜를 지닌 고양이다. 노인끼리 오래 살았는데, 이 녀석은 마치 도지 자신에게 모범을 보여주려는 것 같다. 그리 멀지 않은 날에, 자신이 가야 하는 길을 먼저 편안하게 걸어가며 보여주는 것 같다. 그랬다. 이 녀석의 모습을 보고 있는 동안에는 죽음이라는 것도 그리 무섭지 않을지도 모른다. 드디어 그날이 왔을 때 도지는 틀림없이 생각할 것이다. 몽 녀석이 간 길이니까 나도 잘 갈 수 있을 거라고.

노부에는 병원에서 죽었다. 이 침대 위에서 마지막까지 노력했지만 부종이 심해지자 입원할 수밖에 없었다.

입원하자마자 여러 종류의 약이 주사되어 고통이 없어진 대신에 두 번 다시 또렷한 의식으로 돌아오지 못했다. 링거니 산소 흡입이니 도뇨(導尿)니 하며 여러 개의 관이 연결된 채 말도 못하고 마지막 일주일을 보냈다.

의사가 사망 시각을 선고했지만, 죽음으로의 경계를 노부에가 언제 넘어갔는지 도지는 알 수 없었다. 노부에 자신도 틀림없이 그랬을 것이다.

아내는 고통스럽지 않았다. 고통스럽지 않았다. 고통스럽지 않았다. 장례식 도중에도 그 후에도 도지는 그것만 주문처럼 가슴속으로 되풀이해 중얼거렸다.

시간이 흘러갔다.

고양이는 거의 대부분을 쓰러져 잠들어 있었는데, 잠깐씩 배를 깔고 스핑크스 같은 모습으로 있기도 했다.

너무 조용해 몽이 숨을 쉬지 않는 것 같아 도지는 공포에 빠진다. 아직 죽지 마라. 너무 일러. 아니야, 이제 됐다. 이걸로 충분하다. 아니 안 된다. 지금은 아직 아니야. 적어도 한 번만 더 견뎌…….

몸이 두려움으로 움직이지 못하게 되는 순간 정신은 엄청나게 흐트러진다. 쉰 목소리로 말을 걸며 앞발 끝을 만진다. 그러면 그 눈동자가 약속이나 한 것처럼 빠끔 눈을 뜬다. 죽어가는 고양이의 눈 빛깔은 맑아서 잘 다듬어진 호박 같다. 더욱 충만하다고 얘기라도 하는 것처럼 밝기도 하다. 그리고 그 신호.

'괜찮아, 다 괜찮아.'

이 녀석, 어찌 이리도 태평할까. 이렇게 아무것도 아닌 듯 있으니까, 어쩐지 김새네.

쓰다듬어주면 금방이라도 골골거리기 시작하리라는 것은 알고 있다. 하지만 차분한 고양이를 보고 있으면 이제 일부러 고양이 울음을 시켜선 안 될 것 같다. 고양이 울음이 들리지 않을 때도 도지에게는 분명히 들렸다. 늘 그랬다. 그렇게 늘 울어주었던 고양이다.

이렇게 아무것도 하지 않고 바닥에 앉아 있으면 도지의 머릿속에서 떨어지지 않는 생각이 소용돌이쳤다.

죽은 자들과 아직 태어나지 않은 자들이 저세상의 적막 속을 떠돌면서 슬며시 이 세상을 들여다보고 있으면 어떨까. 형형색색의 선명한 꽃, 햇살을 반짝반짝 반사하는 나뭇잎, 뾰족한 산, 바다로 흘러가는 수없는 강, 크고 작은 돌과 도시와 차, 식욕과 성욕과 물욕, 희로애락, 맛, 냄새, 그리고 이 피부를 만지는 감촉 같은 것, 그런 이 세상의 전부가 저쪽의 청정무구한 눈에는 무척 꺼림칙하게 비치지 않을까. 어쩌면 이쪽에서 저쪽을 두

렵게 생각하는 것 이상으로 두렵게 느끼지는 않을까. 애당초 이 이상한 장기들을 안에 품고 있는 신체라는 것부터가 틀림없이 지옥처럼 생각될 것이다. 그렇다면 죽어갈 때보다 태어날 때가 더 공포일지 모른다.

무엇을 어떻게 생각해야 좋을지 모르기 때문에 무엇을 어떻게 생각하든 자유다.

무엇보다 몽처럼 언어를 지니지 못한 존재들은 뭔가 알고 있는 것일까? 도지가 도무지 헤아릴 수 없는 것을 이해하고 있기 때문에 물도 제대로 먹지 못하면서도 저렇게 태평한 것일까?

13

며칠 내내 비가 무겁게 내렸다.

몽은 점차 모래 상자에 가는 것을 포기하고, 젖은 채 침대 밑에 들어가 있게 되었다. 변함없이 거의 자지 않았고, 도지가 부르면 작게 울거나 꼬리로 바닥을 쳤다.

그래도 지금 침대 머리맡에서 이쪽을 보고 누워 있다고 알았는데 다음에 들여다보면 발치 쪽으로 이동해 등을 돌리고 있다. 조금이라도 편안하게 잘 수 있는 곳을 찾을 체력은 있는 모양이다.

몽의 이동에 맞춰 도지는 침대 밑을 닦았다. 몽도 어쨌든 깨끗하게 닦인 바닥 위로 이동하는 듯하다. 하지만 몸이나 얼굴을 닦아주려고 하면 역시 지독히 싫어한다. 무엇보다 오줌이라고 해도 물이나 다름없어서 이제는 거의 냄새도 나지 않았다.

자리에 누운 지 한 달하고도 열흘이 지난 날 아침, 도지가 방에 들어가자 몽이 기어 나와 아기 고양이 같은 목소리로 가냘프게 울었다. 그런 일은 아주 오랜만이었다.

커튼 틈으로 새어 들어오는 비 갠 후의 아침 햇살이 마침 머리 위로 떨어지고 있었다. 몽은 눈이 부신 듯 삐죽삐죽 굳어버린 털로 둘러싸인 눈을 가늘게 떴다. 도지는 수염을 조금 당겨 이빨에 걸려 제대로 닫히지 않는 뺨을 제자리로 돌려놓았다.

그리고 서둘러 계단 아래로 내려가 과일 바구니를 가지고 왔다.

금방이라도 부서질 것 같은 몸을 안아 올려 타월을 깐 바구니에 살며시 놓자, 몽의 눈 속에 확연히 기쁨이 떠올랐다.

처음에는 살살 요람처럼 흔들었다. 몽의 모습을 보면서 조금씩 진폭을 크게 한다. 몽은 바구니의 테두리에 몸을 붙이고 가마를 탄 부자처럼 느긋하게 몸을 부리고 있다.

건강할 때 좀 더 많이, 요란스러울 정도로 놀아줄 걸 그랬다. 도지는 끓어오르는 후회에 가슴이 아팠다.

몽은 너무 가벼워서 아무리 흔들어도 그다지 피곤하지 않았지만, 몽의 몸에 무리를 줄까 봐 걱정이 되어 손을 멈췄다. 그러자 바구니 속에서 눈빛과 표정으로 좀 더 해달라고 재촉했다.

회전은 하지 않고 추처럼 천천히 오랫동안 흔들었다. 기쁨에 가득 찬 고양이는 귀를 한쪽씩 씰룩거리면서 고개를 수그렸다.

단조로운 리듬으로 팔을 계속 움직이는 가운데 도지는 응어리졌던 마음이 풀리면서 기묘한 해방감을 느꼈다. 고양이 한 마리를 태운 바구니를 흔들면서 어딘지 모를 훤히 펼쳐진 지평에 우뚝 서 있는 것 같았다. 그곳에서 바라보면 과거도, 미래도, 이 세상의 모든 것이, 어째선지 색이 바랜 환상처럼 희미했다. 순간순간이 영원 같은 시간의 흐름에 잠겨 고양이도 자신도 원래의 형태로 돌아가, 그 이상도 이하도 아닌 충족감을 느낀다. 불가사의한 기분이었다. 어쩌면 이런 것을 행복이라고 하는지도 모르겠다고 도지는 생각했다. 사경을 헤매고 있는 고양이와 있어서 행복하다는 것이 그때에는 도무지 이상하게 느껴지지 않았다.

골골골, 고양이 울음이 시작되었다. 침은 더 이상 나오지 않았지만 몽은 바구니 속에서 기분이 좋은 듯 눈을 가늘게 뜨고 있다. 고슴도치를 넘어 이구아나 같은 얼굴이다.

30분이나 흔들었을까. 그제야 피곤해지면서 땀이 흐르기 시작했다.

바구니를 안고 바닥에 엉덩이를 댔다. 몽은 안타깝다는 듯,

동시에 어딘가 정겨운 듯, 도지를 올려다봤다.

다 알고 있었다. 고양이는 훨씬 전부터 도지가 준비되기를 기다리고 있었다. 헤어질 준비. 혼자가 될 준비. 몽 없이 살아갈 준비. 하지만 아무리 기다려도 준비 같은 게 될 리가 없다.

집게손가락으로 털이 거꾸로 선 얼굴의 눈 위 주변을 쓰다듬었다. 고양이는 쓰다듬어지는 눈만 감았다.

가야 한다면 가야지. 고양이에게 그렇게 전했다.

솔직히 말해 자신도 피곤했다. 몽이 세상을 떠나면 맛있는 안주를 놓고 술도 마시고, 이삼일은 천천히 자며 보내자.

차갑고 어두운, 쓸쓸한 곳으로 가는 게 아니라면 좋겠는데. 도지는 그것만 생각했다.

몽은 그 후로 또 며칠을 살았다.

하지만 몽에게는 이미 그 시간을 기다리는 것 말고는 아무것도 남아 있지 않았다.

낮에도 밤에도 침대 밑에 누워 있었다. 오줌도 점점 나오지 않았다.

어느 날 저녁에는 자동차에 태울 때처럼 입을 열고 개처럼 숨을 쉬었지만, 그것도 몇 시간 만에 괜찮아졌다.

그렇게 고양이는 조금씩 도지에게서 멀어져 갔다. 도지도 이

제 아예 고양이를 만지지 않았다.

그래도 작은 목소리로 이름을 부르면 몽은 반드시 대답해주었다. 울 수 있는 동안에는 가는 목소리로 울었다. 목소리가 더 이상 나오지 않게 되자 꼬리가 민감하게 도지에게 반응했다.

몽은 마지막까지 의식을 잃지 않았다. 얇은 잠을 자는 것처럼 보이는 시간이 점점 길어졌지만, 움직이지 못하는 몸에 몽은 수없이 돌아왔다. 눈을 뜨는 것밖에 할 수 없게 되었을 때도 몽은 돌아와 눈을 뜨고 침대 밑에서 보이는 범위의 방과 도지를 바라봤다. 결국 눈을 뜨는 것조차 할 수 없게 되어도 역시 이따금 고양이가 돌아왔다는 것을 도지는 알 수 있었다.

잠들어 있어도, 돌아와도, 결국 잠든 건지 돌아와 있는 건지 알 수 없어진 후에도 꼬리만은 변함없이 계속 살아서 부르는 소리에 응했다. 주인의 목소리에 응하기 위해 고양이의 마지막 의식이 한참 동안 여기 꼬리 끝에 머물려고 저항하고 있다. 그런 생각이 들었다.

한밤중 두 시 무렵에 침대 밑을 들여다보니까 기묘한 무표정이 고양이의 온몸을 덮고 있었다. 호흡도 흐릿하고 불확실한 것 같았다.

"몽아."

이름을 불렀다.

고양이는 이미 반쯤 무생물이 되어 있었다. 그래도 꼬리가 분명히 대답했다. 탁탁 바닥을 치는 다정한 소리를 냈다.

다시 한번 부르고 다시 한번 대답했다.

도지는 다시 한번 불렀다. 다시 한번 굵고 짧은 꼬리가 물결을 치며 부름에 답했다.

소리가 몽에게 닿았다. 그것만은 알 수 있었다.

그 후로 아무것도 하지 않고 도지는 침대 옆에 앉아 있었다.

새벽에 오기 직전에 다시 보러 갔을 때 몽은 아까와 마찬가지로 등을 돌린 자세로 어슴푸레한 어둠 속에 누워 있었다.

도지는 깨달았다.

"몽."

더 이상 꼬리가 움직이지 않는다.

고개를 돌리고 침대 밑으로 팔을 집어넣어 몽을 만졌다.

털은 이상할 정도로 부드러웠고 몸은 아직 피가 도는 것처럼 따뜻했다. 조용해진 가슴속 어둠에 마지막 고동의 여운이 희미하게 반향을 하고 있는 것도 같았다.

그 순간에 혼자서 무엇을 보고 무엇을 느꼈을까. 얼굴을 더듬어 열린 입으로 길게 나온 혀를 넣고 입을 닫았다. 그대로 한참을 닫고 있었다. 몽은 순순히 입을 다물었다.

도지는 가슴속으로 이별을 고했다.

멋진 이별을 끝낸 고양이를 실컷 칭찬해주고 싶다. 그 마음을 있는 힘껏 손끝에 모아 벌어져 있는 노란 호박색 눈도 마지막으로 살그머니 감겨주었다.

생명을 바라보는 강하고 따뜻한 시선

— 도요자키 유미(豊崎由美, 서평가)

누마타 마호카루는 강하다.

뭐랄까, 누마타 마호카루의 소설을 읽으면 내가 약하다는 것을 떠올리게 됩니다. 해설을 쓰기 위해서는 당연하지만 해당 작품을 재독하고 정독해야만 하는데, 솔직히 말해 이 《고양이 울음》을 다시 읽는 일은 힘들었습니다. 그러나 소설을 해설부터 읽는 습관이 있는 여러분, 착각해선 곤란합니다. 《고양이 울음》은 걸작입니다. 2007년 늦여름에 출간한 이 책을 읽은 나는 일단 읽어보고는 경탄했습니다. 그리고 'TV Bros.'라는 잡지 연재 코너에 열띤 서평을 실었습니다. 하지만 사실은 제1부를 읽다가 그만 읽을까 하고 여러 번 생각했습니다.

이 소설은, 마흔 살의 주부 노부에(제1부의 시점 인물)가 집 근처에 버려진 새끼 고양이의 울음소리에 미간을 찌푸리는 장면으로 시작합니다.

"저렇게 격렬하게 계속 울다가는 곧 힘이 다해 죽고 말 것이다. 식탁에 턱을 괴고 그런 생각을 하면서 다른 한 손은 옷 위로 천천히 배를 쓰다듬는다. 자신의 배 속에서 사라져버린 아기와 밖에서 들려오는 새끼 고양이의 소리가 저 멀리 어디에서 하나로 이어지는 것 같은 기묘한 감각에 사로잡힌다."

겨우 품었던 생명을 이 세계에 내보내지 못했던 노부에의 마음은 거칠기만 합니다. 슈퍼마켓에서 발견한 어머니와 아들의 정다운 모습에 "동물, 생식, 혈육이라는 의미를 새삼 느끼게 하는 표정, 저렇게 숨겨야 할 것들을 고스란히 드러내는 표정을 공공장소에서는 짓지 말았으면 좋겠다. 어머니와 아들은 두 사람만의 투명한 밀실 안에서 남녀의 사랑보다 좀 더 농밀하고 적나라하게 모든 수단을 사용해 맺어지려 하고 있었다"라며 강한 반발과 혐오감을 드러낼 정도로 상처를 입고 있습니다. 하지만 그렇게 집요하게 우는 새끼 고양이의 목소리에 대해서도 어서 까마귀가 채갔으면 좋겠다고 생각할 정도로 거친 노부에가 석간을 가지러 나갔다가 울음소리가 나는 쪽으로 가보는 장면에서는 결국 내 멍청한 가치관을 멋대로 발동시켜 안심해버렸습니다. 그런데 그런 안일한 기대를 단번에 일축하는 것이 누마타 마호카루라는 작가입니다.

이제 막 털이 나기 시작한 새끼 고양이를 울타리 옆에서 발견한 노부에는 "우편함에서 막 꺼낸 석간신문을 더럽힐 수는 없는 노릇이어서 일단 집으로 돌아가 낡은 신문을 가지고" 옵니다. "한 장을 크게 펼쳐 깔고 막대기 모양으로 둥글게 만 나머지 신문지로 고양이를 쿡쿡 찔러 깔린 신문지 위에 올라가게" 하고 "고양이를 싼 다음 살짝 비틀듯 느슨하게 신문지 구멍을 막고 채소가 심어져 있는 서쪽 밭으로 버리러" 가고 맙니다. 그리고 "밭주인에게는 미안하지만 숲 속에 버리면 까마귀가 발견하기 어려울 것 같았다. 어쨌든 곧 어두워진다. 까마귀에게 발견되지 못하더라도 아침까지는 죽을 것"이라고 생각합니다.

해설부터 읽는 습관을 지닌 바보 독자 여러분, 여러분의 마음은 잘 알겠습니다. 저도 이렇게 글을 옮기는 것만으로도 힘듭니다. 여러 번 다시 읽어도 토할 것만 같습니다. 하지만 그뿐만이 아닙니다. 노부에는 다음 날 아침, 까마귀의 공격을 받았는지 상처투성이가 되어서도 다시 집 근처로 돌아온 새끼 고양이에게 사료를 주고 상처를 치료해주면서도 남편 도지에게 부탁해 더 멀리 버려달라고 합니다. 그리고 또 다음 날, "문 바로 바깥, 화분과 벽돌, 절임용 병을 쌓아놓은 언저리에서 부스럭거리는 소리가 나더니 그 고양이가 기어 나왔다. 노부에의 손 끝을 향해 똑바로 온다"는 기적이 일어났을 때조차도 노부에는 다시 버리러 갑니다.

"노부에!"

거짓말이 아닙니다. 처음 읽었을 때 저는 책에 대고 절규하고 말았습니다.

"기르면 되잖아!"

눈물을 흘리면서 소리를 질러댔습니다.

그럼에도 제1부를 다 읽었을 때, 누마타 마호카루라는 작가에 대한 존경심은 커졌습니다. 이 소설을 끝까지 다 읽는다면 동물을 좋아하든 싫어하든 틀림없이 당신도 그럴 것입니다. 작은 생물의 삶과 죽음을 조용히 직시할 수 있는 인간으로서의 강인함, 그리고 소설의 첫머리에 이처럼 잔혹하기까지 한 철저한 리얼리즘을 제시하고 그래도 따라올 독자는 있다고 신뢰하는 작가로서의 강인함에 대해 말입니다.

한편 작가의 또 다른 걸작《그녀가 그 이름을 모르는 새들》은 혼탁한 현실에서 물러설 수 없는 사랑의 심연을 들여다보고 파멸해가는 인간의 심리를 농밀하게 그려 간담을 서늘하게 하는 심리 서스펜스 소설입니다. 주인공 도와코는 8년 전에 헤어진 구로사키라는 남자를 잊지 못하는 30대 여성입니다. 도와코에게는 6년 전부터 함께 생활하고 있는 열다섯 살 연상의 진지라는 동거 상대도 있지만, 그녀는 이 남자가 싫어서 견딜 수가 없습니다. 진지는 매일 근무지에서 여러 번 전화를 겁니다. 그는 시커멓고 들개의 눈을 한 체구가 작은 남자로, 밥상에서도 쩝쩝 소리를 내어 밥을 먹습니다. 그런 진지를 도와코는 태도나 언어로 계속 학대합니다.

"입에 손가락을 넣어 튀어나온 뻐드렁니를 밀어 넣고 있는 남자의 웅크린 등을 응시하고 있으면 도와코의 머리에 수많은 단어가 튀어나온다. 야비함, 저질, 열등, 비굴, 빈상, 우스움, 불결, 소심……. 죽어, 너 같은 인간은 죽어버려."

이러한 진지에 대한 격렬한 혐오감은 독자의 정신에까지 마수를 뻗치지는 않습니다. 하지만 도와코라는 여자의 정서 불안과 가학적인 언동에 질려 강한 반발을 느끼게 합니다. 이렇듯 독자들을 반감이라는 강한 감정에 휘말리게 하는 필력은 보통이 아닙니다.

얼마 후 도와코의 앞에 미즈시마라는 백화점 문방구 코너에서 근무하는 남자가 나타납니다. 진지와의 생활에 권태로움을 느끼던 도와코는 미즈시마와의 관계에 빠져들지만, 그 과정에서 구로사키가 5년 전에 실종되었고 지금도 행방불명이라는 사실을 알고 동요합니다. 어쩌면 진지가 구로사키를 죽인 게 아닐까. 그런 의심이 도와코의 뇌리에 스며듭니다. 한편 진지는 미즈시마와 밀회하는 도와코를 미행해 관계를 안 다음에도 헤어질 엄두를 내지 못하고, 아무리 질책을 당해도 도와코 곁에서 떨어지려고 하지 않습니다. 그 상식을 벗어난 집착과 도와코를 향한 과잉 감정을 작가는 섬세하게 묘사합니다. 사건의 진상을, 진지의 철저한 사랑을 말입니다.

진지의 사랑은 눈물겹습니다. 눈을 돌리고 싶을 만큼 처참하고 가련합니다. 하지만 그 진지라는 늪 속에 작가는 놀랄 만큼 화려하고 아름다운 꽃을 피웁니다. 이 소설은 실은 도와코의 이야기가 아니라 진지의 이야기였다는 것을 순간 환하게 밝힙니다. 자세히 보면 아무 멋도 없는 사랑을 독자들이 겁먹을 정도로 철저하게 그려냄으로써 "더러운 것은 아름답다", "아름다운 것은 더럽다"라는 가치관의 반전을 불러오는 것입니다. 이처럼 평범한 사람이라면 시선을 피할 것 같은 무참한 광경을 편견 없는 조용한 시선으로 직시할 수 있는 강한 사람이기 때문에 획득할 수 있는 강인한 따뜻함이 담겨 있습니다. 그런 작가의 또 다른 특징을 잘 드러낸 소설이 바로 이《고양이 울음》입니다.

제1부는 결국 고양이를 기르게 된 노부에가 괴짜 소녀 아야메를 알게 될 때까지를 그린 이야기입니다. 제2부는 어린아이나 작은 동물에 대해 불타는 증오심을 품고 있는 중학생 남자 아이가

절망이라는 블랙홀 바로 앞에서 발을 빼는 과정을 소년과 아야메, 크고 늠름하게 성장한 고양이 몽의 교류를 통해 그리고 있습니다. 제3부는 노부에가 먼저 세상을 떠나고 혼자 남은 도지와 늙은 몽의 마지막 나날을 그리고 있습니다. 이 소설 어디에도 밝은 '희망' 같은 것은 없습니다. 여기에 그려진 것은, 예컨대 희망이라는 빛을 받지 못하더라도 그래도 계속되어가는 기도와도 같은 절실함을 담은 '생명'입니다. 그리고 그것을 지켜보는 것은 편견 없는, 공평무사한 따뜻함을 담은 시선인 것입니다.

늙은 고양이 몽은 도지가 온몸을 쓰다듬어주면 눈을 가늘게 뜨고 골골 소리를 냅니다. 그리고 몽이 몸을 통해 내는 진동을 느끼면서 도지는 행복을 느낍니다. 그런 도지의 심정은 "어쩐지 자신과 고양이가 눈에 보이지 않는 강의 흐름 같은 것에 함께 몸을 던진 듯한 마음이 들었다. 서로의 머릿속 내용물이 물처럼 형체 없이 흘러나와 흘러간다. 고양이니 사람이니 하는 경계가 모호해지고, 도지는 몽을 이해하고 몽은 도지를 이해하며 서로 완전히 경계 없이 녹아들어 안심하게 한다"라는 묘사에서 잘 드러납니다. 어릴 때부터 '죽음'이 무서워 견딜 수 없었던 자신 앞에서 조금씩 자연스럽게 죽음을 맞으려는 몽을 지켜보면서 도지는 몽이 마치 자신에게 모범을 보여주려는 것 같다고, 그리 멀지 않은 날에 자신이 가야 하는 길을 먼저 편안하게 걸어가며 보여주는 것 같다고 토로합니다. 그리고 "이 녀석의 모습을 보고 있는 동안에는 죽음이라는 것도 그리 무섭지 않을지도 모른다. 드디어 그날이 왔을 때 틀림없이 생각할 것이다. 몽녀석이 간 길이니까 나도 잘 갈 수 있을 거라고"라고 생각하는 경지에 다다릅니다.

제1부에서 노부에가 수도 없이 새끼 고양이를 버리려고 하는데 분개의 눈물을 흘렸던 나는 제3부에서는 입술을 떨면서 울음을 터뜨렸습니다. 내가 이제까지 길렀던 동물들을 생각하면서 울었습니다. 도지가 감탄하듯, 자신의 생명을 다하고 저세상으로 떠나는 스무 살의 몽에게는 눈물보다는 칭찬의 수긍이 더 어울립니다. 버려도 버려도 노부에의 품으로 다시 돌아온 새끼 고양이 몽. 거세된 탓에 다른 고양이와는 싸우는 것 외에 의사소통의 방법을 몰라 고고한 보스 고양이로 군림했던 젊은 고양이 몽. 스무 살이 되어 조금씩 죽음에 몸을 맡기는 늙은 고양이 몽. 그때마다 몽의 생명을 통해 등장인물의 마음과 삶을 그려가는 작가의 세밀하면서도 가차 없는 필치. 그렇기 때문에 삶의 공평함과 따뜻함에 가슴이 찡해집니다. 제1부의 괴로운 묘사를 견뎌내고 읽은 보람과 가치가 충분합니다. 이 소설은 내가 서평가로서 자신을 가지고 추천할 수 있는, 삶과 죽음을 그린 최고의 걸작 문예 작품입니다.

출퇴근 지하철 안에서는
절대 읽지 마세요!

'이야미스(イヤミス)'의 선두주자 누마타 마호카루가 완전히
새로운 모습으로 독자를 찾아왔다. 이야미스(イヤミス)는 '싫다'
는 뜻의 일본어 '이야'와 미스터리를 합성한 신조어로, 누마타
마호카루와 미나토 가나에를 그 대표 작가로 꼽고 있다. 다 읽
고 난 뒤에 찜찜한 뒷맛이 남는다는 이상한(?) 특징을 가진 장
르로, 가면을 쓰고 사는 현대인들 내면의 추악함을 그대로 드
러내어 보여준다는 점에서 신선한 시도로 주목을 받고 있다.

그 선두주자인 누마타 마호카루는 우리나라에 데뷔작인 《9
월이 영원히 계속되면》을 비롯해 《그녀가 그 이름을 알지 못하
는 새들》, 장르적 완성을 보인 《유리고코로》까지 소개되어 한

242

국 독자들과 첫 대면을 마쳤다. 그러나 이 작품들은 모두 미스터리라는 범주 안에 머물러 있었다.

이야미스의 특성상 미스터리 구성의 치밀함보다는 인간 심리 속에 숨어있는 추악함을 드러내는 것이 관건인 만큼 이야미스 작가들은 치밀한 묘사로 인간의 마음속을 해부라도 하듯 속속들이 드러낸다. 여기서 가장 관건은 바로 필력. 시시각각 변하고 종잡을 수 없는 사람의 마음을 재빨리 잡아내어 잔인할 정도로 그려낼 수 있는 능력을 가지고 있는 것이 바로 누마타 마호카루라는 작가의 가장 큰 장점이다.

이번에 새롭게 독자들을 찾아온 《고양이 울음》은 기존 작품들에서 가장 빛을 발했던 작가의 필력이 가감 없이 드러나는 작품이다. 미스터리라는 한정된 틀을 벗어난 작가가 자신의 역량을 맘껏 발휘하고 있다. 독자들은 2011년 일본 출판계를 강타하며 등장한 누마타 마호카루라는 작가의 새로운 진면목을 지켜보는 기회를 가지게 된 것이다.

이 작품의 주인공은 '몽'이라는 고양이다. 검은 점이 흩어진 얼굴에 짧고 뭉툭한 꼬리와 오렌지 빛깔의 털을 지닌 거묘이다. 일반적인 관점에서 보면 결코 예쁜 고양이는 아니지만 그를 능가하는 묘한, 그리고 강력한 매력을 지니고 있다.

사실 몽은 버려진 고양이였다. 어느 집 앞에 버려져서 구해주기를 기다렸지만 그 집의 안주인 노부에는 새 생명을 품을 마음의 여유가 없다. 얼마 전 자신의 아이를 유산했기 때문이다. 품었던 생명을 허무하게 잃은 아픔에 공허함을 품고 살던 노부에는 집 앞에 버려진 고양이를 집요하게 버리면서 생각한다.

"나는 이렇게 배 속에 있던 아이의 장례를 지내는 것이다. 하나의 생명을, 이번에야말로 스스로의 의지로 보낸다. 눈을 똑바로 뜬 채 보내고, 떠나가는 모습을 분명히 기억에 담는다. 이것은 장례식, 비로 충만한 숲 속의 수장이다. 형태를 갖지 못한 갓난아기, 빠져버린 기억, 그 전부를 저 새끼 고양이에게 의탁한다."

하지만 몽은 그렇게 호락호락한 녀석이 아니었다. 버려진 숲 속에서도 기어이 기어나와 그 집 부부 노부에와 도지의 아들로 입양되기에 이른다. 생명은 그저 주어지는 것이라 생각했던 역자에게는 몽의 삶을 위한 투쟁이 눈물겹고 생명을 마음대로 재단하는 노부에의 마음이 야속했다. 그러나 결국 주어진 생명을 위해 최선을 다하는 몽의 모습은 공허를 품고 있던 노부에의 마음을 녹이고 새로운 삶의 '희망'으로 채운다.

제2부에서 청년이 된 몽은 잠깐 조연으로만 등장한다. 어렸을 때 자신을 노부에의 집 앞에 버렸던 문제의 소녀와 놀다가 만난 소녀의 반 친구 유키오가 주인공이다. 형 같은 젊은 아버

지는 일과 양육에 지쳐 그를 방기한다. 세상의 무관심에 지친 유키오는 사랑스러운 모든 것에 살의를 안은 증오를 느끼며 하루하루를 견딘다. 그 모습은 위태롭기 짝이 없다. 그에 반해 청년이 된 몽은 삶을 만끽하고 있다. 유키오에게 그런 몽은 눈부신 존재였다.

마지막 이야기는 노인이 된 몽과 도지의 이야기이다. 노부에가 세상을 떠나고 단둘이 남아 조용히 늙어가는 시간이 흐르고 드디어 몽이 떠날 시간이 찾아온다. 그것은 도지에게는 전혀 준비되지 못한 순간이었다. 어찌해야 할지 결정을 내리는 못한 도지는 "몽과 함께 캄캄한, 물건의 형태도 구별되지 않는 어둠 속을 터덜터덜 걷고 있는 듯한 느낌이었다. 정처 없이 춥고 슬프고 피곤했다".

이야기는 점점 쇠약해지는 몽의 상태와 그 곁을 지키며 시시각각 변해가는 도지의 심리 상태를 날 것 그대로, 치가 떨릴 정도로 생생하게 묘사한다.

"밤에도 두세 시간 간격으로 고양이의 상태를 보러 왔다. 방에 들어와 침대 밑을 들여다볼 때까지의 한 순간, 금방이라도 숨이 끊어지는 게 아닐까 겁이 난다. 그 두려움 속에, 하지만 여전히, 이젠 됐다는, 이젠 끝내도 된다"는 생각 속에서 오락가락하는 도지.

하지만 시간이 흐르면서, 마지막 순간까지 느긋하고 당당하기만 하는 몽을 바라보며 "다 알고 있었다. 고양이는 훨씬 전부터 도지가 준비되기를 기다리고 있었다. 헤어질 준비. 혼자가 될 준비. 몽 없이 살아갈 준비. 가야 한다면 가야"라는 결론을 내린다. 너무나 아프지만 자연스러운, 그리고 아름다운 결말.

작품은 고양이의 일생과 그 주변 사람들의 이야기를 교차하며 담담하게 그리고 있지만 그 안에는 삶과 죽음에 대한 깊은 철학적 답이 담겨 있다. 특히 몽의 죽음을 지켜보는 가운데 도지가 자신의 죽음도 받아들이듯이 역자 역시 이 과정을 통해 내 죽음의 형태를 인식하게 되었다.

우리는 죽음이 두려워 늘 잘 살기 위해 노력한다. 웰빙 열풍은 어쩌면 죽음의 공포가 그 배경에 있으리라. 하지만 우리는 모두 죽는다. 반드시 가야할 길이라면 어떻게 가야 할지를 생각하는 게 무엇보다 중요하다. 요란 떨지 말고 자연스럽게……, 몽처럼…….

마지막으로 이 작품은 공공장소에서 읽지 않기를 강력하게 권고한다. 권고에도 불구하고 공공장소에서의 책 읽기를 강행한다면 느닷없이 비명을 지르거나 잘근잘근 손톱을 물어뜯거나 멈추려고 해도 주체할 수 없이 흐르는 눈물을 감당해야만 할 것이다. 그만큼 이 작품은 강력하게 독자들의 마음을 파고들어 제멋대로 휘젓고 다니며 희로애락의 모든 감정을 분출시킬 것이다. 그러니 제발 조용한 곳, 혼자 실컷 화내고 울 수 있는 곳을 찾아 이 책의 첫 장을 넘기시길 바란다.

2013년 4월
민경욱

고양이 울음

초판 1쇄 인쇄 2013년 05월 15일
초판 1쇄 발행 2013년 05월 25일

지은이 | 누마타 마호카루
옮긴이 | 민경욱

발행인 | 김시연
편집인 | 박용환
출판팀장 | 신수경
책임편집 | 한지은
교정교열 | 서영의
라이츠 | 주보미
디자인 | 공중정원, 홍혜정
마케팅 | 박종욱
제작 | 주진만

발행처 | (주)서울문화사
등록일 | 1988년 12월 16일 **등록번호** | 제 2-484호
주소 | 서울시 용산구 한강로2가 2-35 (우)140-737
편집문의 | 791-0704
구입문의 | 791-0762
FAX | 749-4079
홈페이지 | http://books.ismg.co.kr
이메일 | book@seoulmedia.co.kr

ISBN 978-89-263-9347-5 (03830)